KB206860

별밭공원

별밭공원

2013년 9월 25일 1판 1쇄 찍음
2013년 9월 30일 1판 1쇄 펴냄

지은이 송기원
펴낸이 손택수
편집 이호석, 하선정, 임아진
디자인 김현주
관리영업 김태일, 이용희

펴낸곳 (주)실천문학
등록 10-1221호(1995.10.26)
주소 우121-839, 서울시 마포구 서교동 478-3 동궁빌딩 501호
전화 322-2161~5
팩스 322-2166
홈페이지 www.silcheon.com

ISBN 978-89-392-0707-3 03810

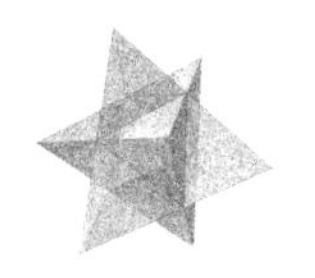

송기원

소설집

별밭공원

실천문학사

차례

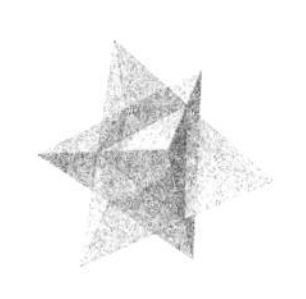

별밭공원

시내버스가 한밭대학교를 지나자 차창 밖으로 '학의 뜰' 아파트 단지가 보였다. 아직 집들이 들어서지 않은 나대지 위에 망초며 엉겅퀴, 쑥부쟁이 같은 잡초들만이 덩굴을 이루며 펼쳐지는 택지개발지구의 황량한 풍경 끝에서, 십여 개 동의 아파트 건물들은 신기루처럼 불쑥불쑥 솟아 있었다. 이사할 곳을 찾아 대전의 변두리를 여기저기 돌아다니던 아내가 주변에 산책하기 좋은 시골 마을이 있어서 결정했다는 아파트였다. 아파트는 앞에 펼쳐진 황량한 풍경과 달리 뒤에는 계룡산에서 이어진 짙은 산색의 자락을 병풍처럼 두르고 있었다.

'학의 뜰' 아파트는 시내버스의 종점이기도 해서 슬슬 자리에서 일어서려 할 때 안내 방송이 들렸다.

"지금 내리실 정류장은 별밭공원입니다. 다음 정류장은 '학의 뜰' 아파트입니다."

나는 안내 방송을 듣다가 불쑥 입안에서 중얼거렸다.

"별밭공원?"

지금까지 몇 번인가 시내버스를 탄 적이 있으니까 나는 이미 안내 방송을 들었을 것이다. 그런데도 별밭공원이라는 색다른 이름이 처음 듣는 것처럼 귀에 설게 여겨지는 것이었다. 나는 얼핏 차창 밖을 두리번거렸다. 그러나 시야 가득히 펼쳐졌다가 지나치는 것은 황량한 나대지뿐, 공원다운 시설을 갖춘 풍경은 눈에 뜨이지 않았다. 어쩌면 택지 개발을 한 자치단체며 택지개발업자들이 선전용으로 별밭공원이라는 그럴듯한 이름만 먼저 붙인 것인지도 모른다. 나는 그만 입안에 쓴맛이 감도는 기분으로 창밖 풍경에서 눈길을 거두었다.

아내 곁에 머물기 시작한 이후로 입안에 쓴맛이 감도는 느낌은 비단 별밭공원 같은 버스 정류장 이름만이 아니었다. 아내와 함께 사는 일이 전혀 익숙하지 않은 나로서는 새로이 보고 듣는 모든 것들이 자칫 입안에 쓴맛을 감돌게 하기 일쑤였다. 하기는 삼십 년이 넘게 소위 작업실이라는 명분으로 서해안을 위시해서 천안, 안성 근방에 집을 얻어 홀살이를 해온 터였고, 일흔 가까운 나이가 되어 아내의 그늘에 드는 일이 쉽지는 않았을 것이다. 이를테면 아내의 그늘에 있는 어느 하나 얼른 손이 가지 않고 눈에 들어오는 것들은 자칫 모래 알갱이라도 구르듯 데면데면 껄끄러울 뿐이었다.

마지막 거처였던 안성에서 '학의 뜰' 로 오기 전에, 나는 홀살이에 곁들어 지녔던 모든 것들을 대부분 처분해버렸다. 책상이며 책장, 책, 침대, 옷장, 이불에서부터 세탁기며 냉장고, 식탁, 식기 같은 주방기구까지 가까운 이웃들에게 넘겨버리고, 간단한 옷가지와 컴퓨터, 차마 버리지 못한 몇 권의 책들만 꾸려 아내에게 몸을 맡기러 온 것이었다. 그러면서 나는 스스로에게 물었을 것이다.

'여기서 얼마나 머무를까?'

그리고 나는 또 스스로에게 대답했을 것이다.

'글쎄.'

대답이 애매할 수밖에 없었던 것은 스스로도 아내에게 몸을 맡기는 일이 언제까지라고 잘라 기약을 할 수 없었기 때문이다. 어쩌면 나에게는 좀 더 깊고 가없이 넓은 어딘가로 들어가기 위해 마지막으로 주변을 정리하는 시기일지도 모른다.

오 년 전 어머니의 기일이 가까워지는 어느 날, 나는 아내에게 말했다.

"올해부터는 더 이상 어머니 제사상 차리지 말아요."

나는 그때 아내 몰래 어금니를 질끈 물었다. 서자 출신인 내가 기일을 잊지 않고 해마다 제사상을 차리던 단 한 분의 망자가 바로 어머니였다. 그런 어머니의 제사상마저 걷어버리는 것은 세상에 나를 묶어두는 인연을 끊어버리는 일이었을 것이다. 아무리 평생을 강퍅하게 살아낸 나로서도 충분히 어금니를 물 만했다. 제사상을 차리지 않은 기일에, 어쩌면 흠향이라도 하기 위해 먼 곳에서 찾아와 집 안을 두리번거리고 있을 어머니에게 나는 가만히 소리를 내어 말했다.

"어머니, 어쩌다 보니 나도 벌써 오래전부터 그쪽 세상에 몸을 담구고 말았어요. 지금 살아서 움직이는 육신은 이미 내 육신이 아니어요. 그저 빈껍데기일 뿐이지요. 그런 빈껍데기가 드리는 음식이 어떻게 어머니의 굶주림을 달래겠어요? 차라리 아니 드시는 게 낫지요."

내가 세상을 이승과 저승 식으로 둘로 나누는 버릇을 시작한 것은 어머니의 자살을 알게 된 순간부터였을 것이다. 1980년의 소위 '내란음모사건'으로 구 년이라는 형을 받고 감옥에 갇힌 후 얼마 되지 않아 어머니는 그만 자살을 하고 만 것이었다. 당신으로서는 세상이 뒤집힐 만한 죄목으로 자식이 감옥에 갇히자 새벽마다 뒤울안에 정안수 한 사발을 떠놓고 당신의 신불에게 치성을 드리다가 바로 그 자리에서 중풍을 맞고 쓰러져 급기야 문밖출입도 못한 채 남의 손에 대소변을 받아내던 끝이었다.

어머니가 스스로 목숨을 끊었다는 것을 알게 된 것은 내가 감옥에서 나온 후였다. 감옥살이를 하는 동안에는 아내며 주위 사람들이 내가 자칫 어머니의 뒤를 따라 흉한 생각이라도 품을까 염려하여 어머니의 죽음을 중풍이 악화된 때문인 것처럼 둘러댔던 것이다. 감옥에서 나와 서해안에 있는 어머니의 산소에 들린 나는 우연하게 마을 사람으로부터 자살 소식을 전해 듣게 되었다.

나는 어머니의 단말마의 순간이 너무 선연하게 눈앞에 떠올라서 도저히 견딜 수가 없었다. 이미 마비된 손이며 발이며 배며 허리 같은 전신을 안간힘을 다해 꿈틀거리며, 무슨 척수동물처럼 안방을 기어 마루를 넘고 안마당을 뒹굴어 대문에 다다른다. 좀 더, 조금이라도 더, 자식 쪽으로 가까이 다가가고 싶다. 이윽고 대문의 문고리를 찾아 노끈을 잡아맨다. 그리고 그 노끈으로 목을 감고는 척수동물 같은 몸을 뒤틀어 한껏 뒤로 버틴다. 자식에게 보여주어야 한다. 어미가 어떻게 죽어가는지 자식에게만은 기필코 보여주어야 한다.

눈앞에 너무 선연하게 그려지는 단말마의 순간을 나는 멀쩡한 정신으로는 도무지 받아들일 수도 그렇다고 지울 수도 없었다. 나는 하루하루를 눈에 시퍼렇게 광기를 품은 채, 마시면 마실수록 갈증이 나게 하는 폭음으로 보냈다. 그런 폭음에 빠져 마침내 정신을 잃기까지 나는 결코 단말마의 순간에서 벗어날 수가 없었다.

나로서는 차라리 어머니가 머무르고 있을 저승 쪽이 부러웠을 것이다. 폭음으로 하루하루를 넘기는 나에게는 이승이란 차라리 저승보다 훨씬 먼 곳에 있는 어떤 곳이었다. 그런 식으로 마침내 나는 이승과 저승을 구별하지 않게 되었다. 생각해보면 이승과 저승을 구별하지 않는 것이 내가 어머니의 단말마의 순간에서 벗어나는 유일한 길이었는지도 모른다.

감옥에서 나온 지 한 해가 지났을까, 사람 노릇을 하지 못한 채 거의 폐인이 되다시피 하던 나를 보다 못한 주변 사람들이 십시일반 모금으로 출판사를 차려 나에게 주간 자리를 안겨주었다. 그렇듯 사람들의 호의에 힘입어 출판사에 다니던 어느 날, 나와 함께 옥살이를 한 K선생이 낮술에 거나하게 취해 사무실에 들른 적이 있다. 주로 문학류의 책을 내는 출판사답게 사무실은 문인들에게 사랑방 구실도 해서 여러 문인들이 허물없이 드나들었는데, 마침 출판사 대표인 소설가 L선배가 K선생 앞에 지필묵을 내놓고는 사무실에 걸어놓을 즉흥시 한 구절을 부탁했다. 그러자 다른 이들도 덩달아, 저도요, 저도요, 부탁하고 K선생은 흔쾌하게 받아주었다. 그 끝에 K선생이, 너도 써주랴, 하는 눈짓으로 흘낏 나를 바라보았다. 나는 K선생에게 당나라 이하(李賀) 시인의 시 한 구절을 가만히 내밀었다.

恨血千年土中碧(한혈천년토중벽)

'피도 한스러워 무덤 속에 천년을 푸르리라'라는 뜻이었다. 「가을의 무덤 속」이라는 시의 한 구절인데, 시에서 시인의 몸은 이미 죽어서 무덤 속에 들어가 있고 혼은 귀신이 되어 가을비를 맞으며 다른 어여쁜 귀신을 찾아 떠돌고 있다. 나는 어쩔 수 없이 이하 시인의 시를 끔찍하게 좋아해서 얼마 되지 않는 시편들을 모두 외우고 있었다. 젊은 나이에 요절한 시인의 시들은 다분히 퇴폐적이고 위악적인 데다가 무엇보다도 갓 스물에 이미 이승과 저승 두 세상을 허허롭게 넘나들고 있었다.

K선생은 얼핏 눈살을 찌푸린 채 나를 일별하더니 쯧, 하고 혀를 찼다. 그러고는 한 호흡에 써 내리고 붓을 던지며 나를 이끌었다.

"가자, 어디 가서 한잔 더 해야겠다. 네 푸르딩딩한 얼굴을 보니까 애써 마신 술이 그만 깨버렸어."

어쩌면 그때 K선생은 푸르딩딩한 얼굴에서 내가 머무는 세상이 이미 이승보다는 저승 쪽으로 많이 기울어진 것을 보아버렸는지도 모른다.

아직 출판사에 다니기 전에, 밤낮이 없이 폭음으로 지내다 보니 나는 술이 취하면 곧잘 정신을 놓아버리는 일이 많아졌다. 아니, 폭음과 함께 정신을 잃는 일은 거의 습관성에 가까울 정도였다. 술에 깊이 취하는 순간, 흐린 정신의 어느 지점에선가 깜박하고, 흡사 전깃불이 꺼지는 것 같은 느낌이 온다. 그런 느낌과 함께, 어디론가 한없이 떨어지는 느낌이 뒤따른다. 어쩌면 삶의 가장 밑바닥, 갈 데까지 가서 더 이상은 위로 올라올 수 없는 그런 밑바닥으로 떨어지고 있었을 것이다.

내가 정신을 잃는다는 것은 바로 내 몸과 마음이 함께 삶의 어떤 밑바닥에 닿았다는 뜻이기도 했다. 그런 나락의 끝에, 엉뚱하게도 나는 밑바닥이 더 없이 편안하고 아늑하다는 것을 깨닫는다. 거기에는 어떠한 두려움이나 공포도 없고, 절망이며 고통 또한 없다. 대신에 나는 깊고 아득하고 그윽하며 포근하기조차 한 어떤 공간에 파묻힌다. 그런 나는 아무런 소리도 없이 소리를 지른다. 아아, 내 안에 이런 공간이 존재하고 있다니! 한없이 깊고 아득하고 그윽하고 포근한 공간! 그 공간을 나는 무슨 은총처럼 받아들인다.

K선생이 시적으로 표현한 '푸르딩딩한' 얼굴이란 바로 내가 폭음 끝에 만나는 내 안의 어떤 공간이었을 수도 있다. 그 공간이 왜 나타났는지, 그리고 무슨 의미인 것인지는 알 수 없었다. 다만 나는 당연한 것처럼 그 공간을 어머니가 먼저 가 있는 저승 쪽과 연결되어 있을 것이라고 믿었다.

어쩌면 그 공간이란 폭음이 불러온 명정(酩酊) 혹은 알콜 중독이 만들어낸 일종의 환상이었는지도 모른다. 그럴 수도 있다. 그러나 그 공간에는 단순히 환상으로만 치부해버릴 수 없는 분명한 무엇인가가 있었다. 만일 그 공간을 환상으로 치부해버린다면 나로서는 아직 정확하게 알지 못하는 내 안의 소중한 알맹이를 놓칠 것 같은 느낌이었다.

어머니의 기일에 제사상을 차리지 않고 얼마 지나지 않아 원주의 토지문학관에 들었을 때, 나는 한 달 만에 시집 한 권 분량의 시를 썼다. 원래는 소설이라도 쓸까 하여 문학관을 찾은 것이었는데, 소설은 아예 손을 대지도 못한 채 엉뚱하게도 시가 터져 나온 것이었다. 마치 봇물이라도 터지듯이 터진 시들은 대부분이 내가 이미 살거나 죽는 어떤 경계를 벗어나서 이승과 저승의 구별이 없이 세상을 돌아다니는 식이었다.

처마 아래 달빛이 겹으로 쌓이고

이슬도 두텁게 주렴을 드리우네

바로 한 걸음 앞에서, 너는

나를 볼 수가 있을까

이슬의 주렴을 슬쩍 건드려도

길은 어디로나 열려 있고

벌써 여러 번 계절이 왔다 가는데

시집이 나오고 어느 기자가 다음 시집은 또 언제 낼 예정인지 물었을 때, 나는 기다리지 않고 대답했다.

"마지막일 거요. 나는 이미 살아있는 사람이랄 수가 없지요. 삶 쪽은 이미 다 소진되어서 텅텅 비어버렸을 거요."

그러자 기자가 약간 빈정거리는 투로 다시 물었다.

"어떻게 자신이 살아있다는 사실을 함부로 부정할 수가 있지요?"

나는 처음으로 기자에게 단호한 낯빛이 되었다.

"살아있다는 사실을 부정하는 게 아니라 살아있다는 사실에서 자유로워지는 거지요. 삶의 끔찍한 조건들에서 벗어나, 마침내 자신의 안에서 죽음이라는 저 깊고 가없이 넓은 세상을 보고 듣고 만질 수 있다는 것이 얼마나 황홀한 축복인지 아세요?"

시내버스에서 내린 나는 아파트로 들어가려다 말고 별밭공원이라는 버스 정류장 쪽으로 눈길을 돌렸다. 그러자 나대지의 황량한 풍경 한편에 둥그렇게 솟아오른 무슨 흙무덤 같은 것이 눈에 들어왔다. 얼핏 보기에는 택지를 고르다가 미처 치우지 못한 나무둥치며 흙덩이들을 그대로 방치해놓은 폐기물 더미 같은 모습이었는데, 자세히 보니 하늘을 향해 벌거벗은 가지를 추켜올리고 있는 나목 몇 그루가 어른거리기도 했다.

저녁을 먹기에는 아직 이른 시간이기도 해서 나는 산책이라도 하는 기분으로 별밭공원 정류장 쪽으로 발길을 돌렸다. 정류장 쪽에 보다 가까워지면서 나는 자신이 지레짐작으로 잘못 보아 넘긴 것을 알았다. 내가 폐기물 더미라고 여겼던 곳에는 제법 연치가 있는 참나무며 떡갈나무 나목들이 숲을 이룬 아담한 동산이 숨어 있었다. 둘레가 오십여 미터는 넘을 듯싶은 둥근 형태의 동산은 택지 개발에 이렇다 할 훼손도 당하지 않고, 그렇다고 새롭게 무슨 시설을 더한 것 같지도 않은 원래의 모습 그대로였다.

사방을 둘러보아도 인근의 택지개발지구에서 공원이라고 불릴 만한 곳은 이 아담한 동산밖에 달리 보이지 않았다. 장차 대규모 주택단지가 될 듯싶게 드넓은 택지개발지구에서 원래의 모습을 남긴 유일한 곳이기도 했다.

나는 혹시 이곳에 별밭공원이라는 이름과 관련된 무슨 문화재 같은 것이라도 있나 싶어서 동산을 둘러보기로 했다. 그러자 버스 정류장 쪽에서는 보이지 않던 곳에, 뜻밖에도 제법 커다란 석조

해태 두 마리를 양쪽에 거느린 돌계단이 있었다. 돌계단은 동산 위로 올라가고 있었고, 그 돌계단이 끝나는 곳에는 제각인 듯싶은 한옥 건물이 벌거벗은 나목 사이에 모습을 드러냈다.

별로 크지 않은 정방형의 두 칸짜리 제각 건물은 우리 전통의 기와집 중에서 모임지붕 형식으로 용머리를 굽혀 네 모서리를 한껏 위로 추켜올리고, 지붕의 꼭짓점에는 작은 탑까지 세워 멋을 부리고 있었다. 모임지붕 아래 네 귀퉁이는 굵고 튼실한 목재를 사용하여 네모기둥을 하고, 정면에는 좌우대칭으로 각각 격자무늬 창살의 미닫이문에 창호지를 바르고 겉에는 두터운 투명 비닐을 덧대어 비바람을 막고 있었다.

돌계단 아래에 가까이 다가가자 제각의 중앙에 걸린 커다란 현판이 보였다. 검은 바탕에 금색으로 쓴 천명각(天命閣)이라는 이름이었다. 현판의 이름을 보자 내가 동산으로 여겼던 이곳은 필시 누군가의 무덤일지도 모른다는 생각이 들었다. 만일 무덤이라면 그 크기로는 옛 왕조의 왕이나 귀족들의 무덤 못지않은 규모여서 무덤 자체만으로는 누구에게 견주어도 뒤떨어지지 않는 호화를 누린 셈이었다.

천명각은 건축 재료에 시멘트며, 투명 비닐 따위를 사용한 것으로 보아 제각을 만든 시기를 헤아려도 불과 몇십 년에 지나지 않아, 건물 자체로는 역사적인 문화재 가치는 없어 보였다. 자치단체에서도 무슨 뚜렷한 이유가 없이는 별밭공원이라는 이름까지 붙여가며 한갓 개인의 무덤을 공원으로 만들 수는 없었을 것이다.

나는 어쩔 수 없이 입안에 쓴맛이 감도는 기분이었다. 제각이 크기에 비해 정도 이상으로 하늘을 향해 용머리를 추켜올려 위엄을 부린 것이 오히려 건물 전체를 불안스러운 구도로 만드는 것도 그렇지만, 현판 이름 또한 지나치게 과장되게 여겨지는 것이었다. 구태여 '우주만물을 지배하는 하늘의 명령에 따라 땅 위의 성왕(聖王)이 나라를 통치한다'는 천명의 본뜻을 따른다면, 여기에 무덤을 세운 누군가는 스스로를 성왕으로 칭한 것이 분명하였다.

돌계단을 걸어 올라 제각으로 올라가자 현판 바로 아래 사각형의 작은 동판이 걸려 있었는데, 은빛 바탕에 글씨며 모형들은 모두 금빛으로 돋을새김하고 있었다. 동판의 맨 위에는 열두 개의 별들을 원형으로 두르고 원 중심에 큰 별 하나를 넣은 모형이 있고, 그 아래 '은성공사(銀星公司)'라는 이름이, 그리고 아래에는 '미국립 UFO 조사위원회 한국지부'라는 은성공사에 대한 부연이 있었다. 나는 비로소 별밭공원이라는 공원의 명칭을 이해했다.

동판에서 눈길을 돌리자 오른쪽 기둥에도 작은 현판이 걸려 있었다. 거기에는 무덤의 주인인 듯싶은 이름과 주인의 기일이 적혀 있었는데, 그 끝에 '등황천명각(登皇天命閣)'이라는 글이 덧붙여 있었다. 등황을 풀이하자면 '황제위에 오르다'라는 뜻일 터이다. 천명각 주인에게 있어서 죽음이란 성왕이 아니라 거기에서 한 걸음 더 나아가 바로 황제가 되는 일이었던 것이다. 그것도 우리나라나 혹은 지구라는 좁은 땅덩어리가 아니라 UFO와 같은 우주적인 차원의 황제였다.

나는 가만히 고개를 끄덕였다.

'그래, 여기는 계룡산이었어.'

나는 일흔이 가까운 나이에 몸을 드리운 아내의 그늘이 바로 계룡산 언저리라는 것을 새삼스럽게 확인했다. 이십오 년 전의 한때 내가 아내며 아이들이며 직장까지 뒤로하고, 출분을 하여 삼 년 남짓 머물렀던 곳이 계룡산이었다. 그런 나에게 계룡산은 현실에 엄연히 존재하면서도 한편 가장 비현실이며 존재감이 없는 사물들의 은유였다. 보랏빛 안개가 자주 끼는 계룡산에서 나는 도를 닦는 도인들이며, 남의 운명을 헤아리기 위해 백일기도를 드리는 역술인들이며, 무속인들을 얼마나 많이 만났던가. 그 끝에 나는 본의 아니게 또다시 UFO며, 은성공사며, 천명각이며, 등황이며…… 계룡산이 품은 보랏빛 안개처럼 비현실적이며 존재감이 없는 사물들을 만난 것이다.

나는 천명각을 돌아서 뒤로 올라갔다. 그러자 돌계단이 끝나면서 숲 사이에 조그만 오솔길이 이어지고, 오솔길 끝에 마침내 무덤인 듯 여겨지는 커다란 대리석 조형물이 있었다. 1미터 정도 높이에 한 면이 4미터 정도 넓이의 정방형 조형물은 윗면이 평평하였는데, 거기에는 천명각의 동판에서 보았던 열두 개의 별들을 원형으로 두르고 원 중심에 큰 별을 넣은 모형이 윗면 가득히 커다랗게 조각되어 있었다. 모르기는 해도 조형물은 천명각 주인의 무덤이자 우주적인 황제의 집이면서 동시에 UFO의 착륙장으로 사용되고 있을 것이 분명하였다.

얼마나 지났을까, 눈앞에서 바라보이는 조형물에 불현듯 어떤 기시감이 드는 것이었다. 그러자 나의 옛 기억 속에서 기다렸다는 듯이 Y시인이 떠올라서 눈앞의 조형물과 겹치고 있었다. 그랬다. 나는 바로 이십오 년 전의 어느 날 Y시인의 안내로 이곳에 와서 이 무덤에 대한 설명을 듣고 있었다. 어쩌면 내가 좀 더 일찍 옛 기억에서 이 무덤을 떠올리지 못한 것은 당시와는 전혀 달라진 주변 환경이며, 또한 별밭공원이며, UFO며, 등황천명각 같은 새로 생긴 용어 때문이었는지도 모른다.

Y시인은 커다란 눈을 반짝이며 이 무덤에 대해 어려운 풍수지리 용어까지 사용하여 열심히 설명했다. 그의 앞에는 오랜 감옥살이를 하고 나온 K시인을 위시해서 출판사의 대표인 L선배 등 네댓 명이 함께 서 있었다. 그때 우리 일행은 마침 K시인이 기획한 '민중사상을 찾아서'라는 시리즈의 일환으로 계룡산이며 지리산, 모악산 등을 찾아 전국을 돌아다니는 중이었다. Y시인에 의하면 이 터는 일찍이 도선국사가 『비결』에서 조선에서 가장 뛰어난 명당으로 지적한 곳이었다. 이를테면 어려운 세상을 구할 선지자거나 후천개벽을 열 영적 지도자 혹은 미륵불 같은 미래의 성인이 태어날 명당이 이곳이었다.

그 무렵 Y시인은 출판사에서 펴낸 『민중교육』이라는 무크지에 시 한 편을 발표한 것 때문에 그가 교사로 재직해 있던 충청남도의 작은 소도시 여학교에서 해직당한 상태였다. 그는 해직되자마자 곧바로 계룡산으로 들어가 깊은 동굴에 몸을 의탁하여 수도 생활을 하는 도인이 되었다. 나는 그에게 남달리 각별한 마음이었는데, 나로서는 그가 세상을 등진 도인이 된 것이 내 탓으로 여겨지는 미안함도 없지 않았다.

훗날 내가 출분을 하여 계룡산으로 들어간 것은 Y시인의 영향도 없지 않았다. 그러나 내가 영향을 받은 것은 도인이 된 그의 경력보다는 우연히 보았던 「하느님 비오는 날에」라는 한 편의 시였다.

구주죽이 내리는 비
비닐우산으로 가리우고
골목길을 지나시는 하느님.
빗물에 젖은 바짓가락처럼
썰렁한 어깨.
슬그머니 들어오시어
따끈한 시래깃국, 막걸리잔으루
목이나 축이구 가셨으면……

이 한 편의 시를 볼 때마다 이상하게도 나는 눈시울이 젖고는 하였다. 아아, 더 이상 누구에게서 경배받지도 못한 채 비 오는 허름한 골목길을 썰렁한 어깨로 혼자서 걸어가고 있는 하느님! 그렇게 아무도 몰라주는 춥고 굶주리고 버림받은 하느님! 그런 하느님을 만나기 위해 Y시인은 산속 동굴에서 얼마나 깊이 저 어둡고 긴 시간을 자기 안으로 들어갔던 것일까.

Y시인이 애절하게 여겨 막걸리 한 잔에 따끈한 시래깃국 한 숟가락이라도 들게 하고 싶은 그의 하느님이야말로 내가 폭음 끝에 곧잘 만나곤 하던 내 안의 어떤 공간과 연결되어 있을지도 모르는 일이었다. 내 삶의 가장 밑바닥에 더 이상 두려움이나 공포도 없고 절망이나 고통도 없으며 대신에 한없이 깊고 아득하고 그윽하고 포근한 공간이 존재하듯이 Y시인 또한 그렇게 하느님을 만났으리라.

고백하거니와 그 무렵 나는 어처구니없게도 엉터리 출판인 노릇을 하며 돈을 버는 재미에 흠뻑 빠져 있었다. 마구잡이로 출판한 책 중에서 어쩌다가 몇 권이 베스트셀러가 되자 출판사는 돈방석에 올라앉았고, 나는 급기야 잘나가는 출판인으로 급부상하였다. 그렇게 출판인이 된 나는 기다렸다는 듯이 이십 대 문학청년 시절의 어설픈 퇴폐나 탐미, 위악, 허무로 되돌아가, 홍청망청 카페며 룸살롱을 전전하거나 시나브로 황폐한 연애 사건을 일으키고는 했다.

나는 홍청망청한 재미에 빠져, 더 이상 폭음 끝에 정신을 잃는 일도 그리하여 내 안에 있는 어떤 공간을 만나는 일도 까마득히 잊어버리고 말았다. 또한 나는 어머니의 단말마의 순간도, 어머니가 있을 저승 쪽에 대한 부러움 따위도 까마득히 잊은 상태였다. 그런 나는 이미 인성 자체도 돌이킬 수 없이 파괴되었을 것이다. 그때 만일 내가 자신의 얼굴을 볼 수 있었다면, 나는 평생을 두고 지우지 못할 가장 끔찍하고 추악한 야차의 얼굴을 보았을 터이다.

이를테면 Y시인의 하느님은 나에게 그동안 까마득히 잊고 있던 내 안의 어떤 공간을 되살려준 셈이었다. 나는 가정이며 출판사를 뒤로 하고 기꺼이 출분을 하였다. 내 안의 어떤 공간을 다시 만나기 위해서라면 누더기 같은 자신의 삶이야 기꺼이 벗어던질 작정이었다.

나는 갑사 부근에 있는 암자들을 전전하며 내 안에 있는 어떤 공간의 의미에 주야골몰했다. 불교에서 스님들이 화두를 들듯 혹은 명상을 하는 이들이 스스로에게 '나는 누구인가' 같은 질문을 던지듯이 나는 어떤 공간을 새롭게 해석하려 했다.

삶의 가장 밑바닥으로 떨어지는 나락의 순간 끝에 나에게 곧잘 무슨 은총처럼 찾아오는 공간, 한없이 깊고 아득하고 그윽하고 포근한 공간, 더 이상 어떠한 두려움이나 공포도 없고 절망이며 고통 또한 없는 공간, 그리하여 내가 곧잘 어머니가 있는 저승과도 연결되었을 것이라고 믿는 공간…… 무엇보다도 나에게는 어떤 공간에 대한 본원적인 확인이 필요했다.

계룡산에 있는 삼 년 동안 기이하게도 나는 단 한 번도 내 안에 있는 공간으로 들어가지 못했다. 어쩌면 그 공간이란 폭음이 불러오는 명정(酩酊)이나 알코올 중독이 아닌, 멀쩡한 정신에서는 아예 나타나지 않는 일종의 반작용이었는지도 모른다. 아니, 그런 식으로 표현하면 안 된다. 훗날 내가 알게 된 식으로 표현하자면, 내 안에 있는 공간을 만나기 위해서는 바로 공간을 만나기 위한 집중이 필요했는데, 당시 나에게는 공간에 대한 집중이 없었던 것이다.

공간에 대한 집중은 애오라지 공간을 향한 순수의식이 중요하다. 그런 순수의식이 없이 공간으로 들어가려 하는 나에게는 다만 공간에 대한 잡념이나 집착만 있었을 뿐이다.

공간에 대한 집중이 없는 잡념이나 집착은 나를 전혀 엉뚱한 곳으로 빠져들게 했다. 계룡산으로 출분하기 전에, 어느 시민 단체에서 일반인을 상대로 연 문학 강좌에서 잠깐 강사 노릇을 한 적이 있는데, 그 수강생들이 계룡산으로 소풍 겸 나를 찾아왔을 때였다. 수강생 중에 서른아홉 살 된 노처녀가 식당에서 우연히 내 앞에 앉게 되었다. 나는 무심코 노처녀에게 말했다.

"너 이번 달 안에 시집가겠다."

그 노처녀는 화들짝 놀라서 나에게 물었다.

"그걸 어떻게 아셨어요?"

내가 잠자코 있자 노처녀가 다시 말을 이었다.

"나, 이달 말일 날 결혼하기로 부산에서 신랑 될 사람과 약혼하고 지금 막 올라온 길이예요. 나, 아직 아무에게도 알린 사람이 없어요."

어떻게 알았는지에 대해, 나는 노처녀에게는 물론 나 자신에게도 설명할 수가 없었다. 그러자 옆에 있던 다른 수강생들이 우르르 나에게 몰려들었다.

"선생님, 저도 봐주세요."

"저도요, 저도요."

나는 수강생들을 둘러보며 고개를 저었다.

"몰라, 더 이상은 보이지가 않아."

그때 내가 고개를 저은 것은 비단 수강생들뿐만이 아니라 바로 나 자신이었는지도 모른다.

이건 아니다.

무엇인지 모르지만 나는 크게 엉뚱한 길로 접어든 것을 깨달았다. 산에서 오래 생활하다 보면 불현듯 눈이 밝아질 때가 있다. 흔히 역술인들이나 무속인들이 산으로 들어가 백일기도를 드린 끝에, 마침내 타인의 운명이나 미래를 알아맞히는 경지로 접어드는 것을 눈이 밝아진다고 하는 식이었다. 이를테면 나 또한 눈이 밝아졌던 것일 수도 있다. 그러나 그 밝아진 눈의 방향이 중요했다. 밝아진 눈으로 내 안에 있는 공간을 바라보고 그 안으로 좀 더 깊이 들어가야 할 때, 나는 엉뚱한 방향으로 들어갔던 것이다.

내가 내 안의 어떤 공간으로 다시 들어가게 된 것은 히말라야에서였다. 그때 나는 네팔 히말라야의 안나푸르나 일주 코스를 걷고 있었다. 서쪽의 라다크에서 시작하여 중부의 바드리나트를 거쳐 히말라야 일대를 헤매고 다닌 지 반년이 훌쩍 넘어설 무렵이었다.

안나푸르나 일주에서 가장 힘든 코스라고 하는 해발 5,400미터의 토롱 고개를 새벽에 넘기 시작해서 해발 3,800미터에 있는 묵티나트에 도착했을 때는 한밤중이었다. 11월에 접어들어 눈이 쌓이고 빙판길이 되자 이미 시즌이 끝나 더 이상 아무도 찾지 않는 코스를 나 혼자서 넘은 것이었다. 한밤중에 나타난 나를 묵티나트 주민들은 무슨 귀신이라도 본 듯한 눈빛으로 보았다. 누군가는 드러내놓고 나를 손가락질했다.

"미쳤어."

누군가의 말대로 나는 미쳤었는지도 모른다. 여름용 윈드점퍼며 앞창이 벌어진 운동화, 걸레처럼 찢어져 너덜대는 청바지며, 피투성이가 된 엉덩짝……. 나는 토롱 고개에서 묵티나트까지 위아래 높낮이가 물경 1,600미터에 이르는 빙판길을 걷지도 못하고 철퍼덕 주저앉아서 숫제 엉덩이로만 미끄러져 내려온 것이었다.

반년 동안 히말라야를 헤매고 다니면서 어쩌면 나의 눈이며, 코며, 귀며, 입 같은 감각들은 이미 정상에서 벗어나버렸는지도 모른다. 만일 감각이 사물을 받아들이고 나름대로 해석하여 의미를 부여하는 것이 정상이라면, 언젠가부터 나의 감각들은 더 이상 사물을 해석하여 의미를 부여하는 역할에서 이탈해버렸다. 예컨대 나의 감각들이 하루 종일 아무것도 먹지 못했는데도 굶주림을 못 느꼈거나, 여름용 윈드점퍼로도 추위를 못 느꼈거나, 빙판길에 엉덩이가 찢겨 피투성이가 되어서도 고통을 못 느꼈다면, 토롱 고개를 넘은 나는 분명히 미쳐 있었다.

나는 묵티나트 주민들의 눈총을 무시한 채 곧장 여관의 나무 침대에 몸을 던졌다. 그러자 홍수라도 진 것처럼 잠이 쏟아졌다. 아아, 잠들 수 있다는 것은 얼마나 커다란 축복인가. 죽음 또한 보다 깊이 잠드는 일일진데, 오늘밤 이 축복에 정말 죽었으면. 나는 잠속으로 깊이 빠져들며 스스로를 이미 시체가 되었다고 여겼다. 그렇게 나는 시체가 되어 잠이 들었다.

히말라야를 돌아다니던 언제부터인가 나는 마치 몸에 있는 탁상시계에 알람이라도 해놓은 것처럼 정확하게 시간에 맞추어 일어나고, 먹고, 걷고, 자는 일과가 습관이 되어 있었다. 아침에 눈을 뜨자마자 걷는다. 그리고 배가 고파지면 아무 식당에라도 찾아가 달바트를 먹는다. 그리고 또 걷는다. 그리고 해가 지면 아무 집이나 찾아가 다시 달바트를 먹고 딱딱한 나무 침대에 쓰러진다. 그리고 자정이 되면 잠결에도 내 몸의 탁상시계가 알람을 울린다. 그러면 잠자리에서 일어나 결가부좌를 한다.

결가부좌를 한 나는 계곡의 바위가 되어 있다. 바위 양쪽으로 온갖 상념들이 개울물처럼 흘러왔다가 흘러내려 간다. 상념들의 어느 하나도 바위를 건드리지 않는다. 상념들은 다만 고요하게 바위에 부딪쳤다가 다시 고요하게 흘러갈 뿐이다. 상념이 어디서 왔으며 무슨 의미를 지니는가 하는 의문 따위는 이미 바위에게는 없다.

히말라야에 온 처음부터 내가 결가부좌를 하기만 하면 그대로 바위가 된 것은 아니었다. 결가부좌를 하면 맨 먼저 나타나는 것은 저 끔찍하고 추악한 야차의 얼굴이었다. 이십 대 문학청년 시절의 어설픈 퇴폐나 탐미, 위악, 허무로부터 비롯하여 엉터리 출판인에 이르러 끝내는 인성 자체마저 파괴된 야차가 기다렸다는 듯이 얼굴을 내미는 것이었다. 야차의 얼굴을 더 이상은 견딜 수 없어서 차라리 그만 결가부좌를 풀고 설산의 골짜기에 몸을 던져버리고 싶은 충동에 온몸을 떨던 어느 순간, 한 생각이 벼락처럼 나를 내리쳤다.

야차의 얼굴에서 도망치고 싶은 나야말로 가장 끔찍하고 추악한 야차가 아닐까.

나는 가만히 고개를 끄덕였다.

'내가 할 일은 저 야차에게서 도망치는 것이 아니라, 평생 저 야차를 보듬고 사는 일일지도 몰라.'

내가 야차의 얼굴을 인정하는 순간, 야차는 더 이상 나에게 얼굴을 드러내지 않았다. 그리고 야차가 있던 자리에는 한 덩어리의 바위가 들어섰다.

여담이지만, 훗날 야차에 대하여 자유로워졌을 때 나는 스스로에게 물어본 적이 있다.

'저 야차야말로 어쩌면 내 안에 있는 가장 소중한 알맹이가 아닐까?'

그럴지도 모른다. 자신의 안에 있는 가장 소중한 알맹이란 뜻밖에도 자기부정일지도 모른다. 이를테면 자신의 가장 깊은 곳에서 무슨 용암처럼 들끓고 있는 살기나 분노, 광기, 성욕, 원망, 질투 따위 부정적인 에너지들이야말로, 만일 그것들을 더 이상 숨기지 않고 밝은 햇살 아래 드러낼 수만 있다면, 바로 그 순간에 그것들은 세상에서 더없이 아름답고 고귀한 보석으로 바뀔 터이다.

묵티나트의 여관방에서 자정에 저절로 눈이 떠지고 그리하여 자동인형처럼 결가부좌를 했을 때, 나는 그런 상황에서도 결가부좌를 하고 있는 자신이 차라리 가공스럽기까지 했다. 그렇게 결가부좌를 하고 한 덩이의 바위가 되었을 때, 나는 미끄러지듯이 스르르 내 안에 있는 어떤 공간으로 들어갔다. 그렇다. 나는 스르르 미끄러져 들어갔을 뿐이다. 지금까지처럼 정신의 어느 곳에선가 깜박하고, 전깃불이 꺼지는 것도 없이 그리고 어디론가 삶의 밑바닥으로 한없이 떨어지는 나락의 순간도 없이 다만 스르르 미끄러져 들어갔을 뿐이다.

그리고 나는 지금까지와는 다른 공간을 보았다. 한없이 깊고 아득하고 그윽하고 포근한 공간이 아니다. 내가 단 한 번 본 적도, 상상한 적도 없는 전혀 새로운 공간이 애오라지 공간 자체로 펼쳐져 있다. 아무것도 없다. 끝 간 데도 없다. 어떠한 빛깔도 없고, 부피도 없고, 무게도 없고, 형태도 없다.

나에게 의식이 돌아온 것은 새벽 무렵이었다. 눈시울에 빛이 스며드는 것 같은 느낌에 눈을 뜨자, 여명이 여관방을 희미하게 밝히고 있었다. 그 여명 속에서 나는 여전히 결가부좌를 하고 있었다. 그러고 보니 나는 자정 무렵부터 새벽까지 결가부좌를 한 채 어떤 공간에 있었던 것이다. 그런데도 돌아온 의식에는 내가 공간에 있었던 것이 불과 몇 분 남짓으로 느껴졌다. 이를테면 의식은 공간에서뿐만 아니라 시간에서마저 나의 실체를 놓쳐버렸던 것이다.

나에게 돌아온 의식이 맨 먼저 물었다.

'저 새로운 공간은 도대체 무엇이란 말인가.'

히말라야에서 돌아온 후에도, 나는 쉽게 가정이나 사회 같은 일상으로 돌아가지 못했다. 어쩌면 저 새로운 공간에 대한 숙제가 풀리지 않는 한 나로서는 어디로도 돌아갈 데가 없을 터였다. 저 새로운 공간을 접하는 순간 기왕에 내가 지녔던 모든 감각들은 완전히 해체되어버렸다. 지금까지의 나는 이미 없다. 나라는 실체의 빛깔도 없고, 부피도 없고, 무게도 없고, 형태도 없다. 나는 그저 텅텅 빈 공간일 뿐이다.

나는 또다시 계룡산으로 들어갔다. 갑사에서 연화봉으로 오르는 산속에 대자암이라는 큰 암자가 있었다. 대자암은 스님들뿐만이 아니라 일반인들도 참선을 할 수 있게끔 대중 선방을 여는가 하면, 스님들만을 위한 무문관(無門關)도 열어놓았다.

대자암에서 뒷길을 타고 오 분 남짓 위로 올라가면 울울한 숲속에 숨어 있는 토굴이 하나 있다. 흔히 스님들이 자기가 살고 있는 집을 겸양으로 일컫는 토굴이 아니라, 정말로 흙더미를 파서 굴을 만든 이름 그대로의 토굴이었다. 바깥은 얼핏 보면 에스키모인의 얼음집 같기도 하고 커다란 왕릉 같기도 한 형태였다. 토굴은 입구에 있는 문에서부터 두 번째 문을 지나 세 번째 문에 이르기까지 모두 철문으로 막아놓았는데, 감옥에서처럼 밖에서만 열 수 있는 구조였다.

토굴에 세 겹의 철문을 만든 것은 내부를 철저하게 외부와 차단하기 위해서였다. 밖에서는 무슨 왕릉처럼 보이던 커다란 외관과는 달리 세 겹의 철문 안에는 달랑 두 평 남짓 되는 방 한 칸이 있을 뿐이었는데, 애오라지 방 한 칸을 외부와 차단하기 위해 3중의 철문을 단 것이었다. 이를테면 방에 들어서는 순간 외부의 한 줄기 빛은 물론 한 가닥 소리도 침범하지 못하는 온전한 어둠과 정적만이 기다리고 있었다.

토굴은 생사를 무시하고 용맹정진하려는 스님만을 위해 만들어진 것이라고 했다. 그런 토굴이 비어 있었다. 알고 보니 용맹정진 작심을 하고 토굴로 들어간 스님마다 한결같이 불과 몇 달을 견디지 못했다. 불가에서는 흔히 선병(禪病)이라고 부르는 일종의 공황상태가 되어 스님마다 병원으로 실려 간 것이었다. 그러자 토굴은 무슨 괴담처럼 스님을 잡는 곳이라는 소문이 나면서 오래 비어 있게 되었다.

내가 대자암의 큰스님 앞에 절을 드리며 토굴에 들어가고 싶다는 뜻을 전하자, 큰스님은 비스듬한 시선으로 훑어보며 씨익, 웃어 보였다.

"마음대로 허시게나."

나는 꼬박 일 년을 토굴에서 지냈다. 나에게 토굴에서의 일 년이란 당연한 것처럼 새로운 공간이 중심이었다. 토굴에 들어가서 결가부좌를 하고 앉자 첫날부터 기다렸다는 듯이 공간이 나타났다. 내가 묵티나트에서 스르르 미끄러져 들어갔던 바로 그 공간이었다. 아무것도 없다. 끝 간 데도 없다. 어떠한 빛깔도 없고, 부피도 없고, 무게도 없고, 형태도 없는 공간 자체만 있을 뿐이다.

나는 날마다 공간에서 놀았다. 그렇다, 나는 놀았다고 표현한다. 자정에 결가부좌를 하고 앉아 공간으로 미끄러져 들어가 공간에서 놀다가 새벽이면 다시 공간에서 나온다. 그렇게 공간에서 놀고 있는 사이에 나의 의식은 공간은 물론 시간에 대해서도 전혀 백지 상태다. 요컨대 공간에서 놀고 있다는 것만 희미하게 느낄 뿐 어디서 무엇을 어떻게 얼마나 놀았는지 구체적으로는 알 수가 없다.

공간과 놀기 시작하여 일 년이 가까워지자, 뭔지 모르지만 막연하게 공간 자체에 차츰 빛깔이며, 부피며, 무게며, 형태가 느껴지기 시작했다. 아무것도 없는 것 같지만 무엇인가가 있고, 끝 간 데가 없는 것 같지만 무엇인가 끝이 느껴진다. 시간 또한 마찬가지다. 공간이 느껴지는 만큼 그 공간에서의 시간도 느껴진다.

그런 어느 순간 나는 내가 놀고 있는 공간과 시간에서 어떤 신비로운 흐름을 느꼈다. 얼핏 흐름 자체마저도 느끼지 못할 만큼 미미한 움직임 속에서 있는 듯 없는 듯 흐르고 있는 그 흐름은 어떤 목적을 가진 방향성이 있는 것도 함께 느꼈다. 그러나 그 신비한 흐름이란 얼핏 나도 모르게 스며들었다가 나도 모르게 사라지는 향기와도 같아서, 새벽에 의식이 돌아오면, 혹시 나 스스로 만들어낸 헛것은 아닐까, 의심이 갈 지경이었다.

훗날 뇌 연구자들의 글을 읽게 되었을 때, 나는 지금까지 내가 놀았던 내 안의 저 공간과 시간이 무엇이며, 어떻게 생겨났는가를 이해하게 되었다. 흔히 말하는 의식과 무의식 혹은 좌뇌와 우뇌의 역할에 대하여 알게 되자 내가 그동안 놀았던 공간이며 시간에 대한 설명이 스스로 가능해진 것이었다.

뇌 연구자들은 쉽게 좌뇌는 이성적인 뇌, 우뇌는 감정적인 뇌로 나눈다. 그렇듯이 좌뇌는 주로 말이나 계산이나 논리 등을 맡고, 우뇌는 감정이나 직감 등을 맡아 서로 유기적으로 일을 해나간다. 만일 좌뇌가 활동을 멈추면 전혀 우뇌의 일을 기억하지 못하고, 우뇌가 활동을 멈추면 전혀 좌뇌의 일을 기억하지 못한다. 그런 식으로 좌뇌는 의식 세계를 맡고 우뇌는 무의식 세계를 맡고 있다.

뇌 연구자들은 좌뇌는 자기뇌(自己腦), 우뇌는 선천뇌(先天腦)라고 부르기도 한다. 이를테면 좌뇌에는 태어나서 살아낸 시간 동안의 정보가 들어 있고, 우뇌에는 태어나기 전에 이미 부모로부터 물려받은 유전자 정보가 들어 있다는 식이다. 그런 식으로 외연을 넓히면 좌뇌의 한시적인 정보와는 달리 우뇌의 유전자 정보에는 저 까마득한 시간 너머 지구에 단세포 생명체 하나가 태어나던 물경 46억 년 동안의 유전자 정보까지 들어 있다는 주장이 가능해진다. 그런 식이라면 그 단세포 생명 하나가 우리의 조상이 된다.

명상이란 인위적으로 좌뇌의 활동을 멈추고 우뇌만이 활동하게 하는 일이다. 그렇게 명상 끝에 다다르는 삼매경(三昧境)이나 깊은 적멸(寂滅)이란 좌뇌가 활동을 멈추고 애오라지 우뇌만이 활동을 하는 순간이며, 의식 세계에서 벗어나 무의식 세계로 접어든 순간이다. 그리하여 명상이 보다 깊어지면 궁극에는 자기 안에 있는 우주적 감각에 이르고, 아울러 자신의 신성(神性)에까지도 다다른다.

내가 폭음 끝에 처음으로 만난 공간으로부터 묵티나트에서 미끄려져 들어간 공간, 그리고 대자암의 토굴에서 놀았던 공간은 흔히 사람들이 쉽게 하는 식으로는 일종의 명상이었던 셈이다. 명상에 대해 전혀 무지했던 나는 스스로도 전혀 모르는 사이에 필생으로 매달려 낑낑대며 명상을 흉내 낸 것이었다.

내가 천명각 돌계단을 내려와 두 마리의 해태 앞에 섰을 때는 멀리 계룡산의 보랏빛 능선 위에 석양이 걸려 있었다. 나는 석양이 사선으로 길게 보내오는 빛을 따라 다시 천명각을 올려다보았다. 그러자 석양이 천명각의 모임지붕 꼭짓점에 있는 작은 탑에 부딪쳐 반짝, 부서졌다. 나에게는 석양이 부서지는 소리가 거의 들리는 듯했다.

나는 불현듯 가슴을 에듯 애잔한 마음이 되어 천명각 주인을 떠올렸다. 어쩌면 그이 또한 생전에 나처럼 자신이 만든 공간에 들어가 많은 시간을 그 공간에서 놀았을 것이다. 아무것도 없고, 끝 간 데도 없고, 어떠한 빛깔도 없고, 부피도 없고, 무게도 없고, 형태도 없는 공간에서 놀았을 것이다. 그리고 무엇보다도 계룡산이 품은 보랏빛 안개처럼 비현실적이고 존재감 없는 사물들과 놀았을 것이다. 그렇게 그이 또한 자기 안의 공간에서 어떤 신비로운 흐름도 느꼈을 것이다. 그 신비한 흐름 끝에 그이는 자기가 지닌 우주적 감각에 이르고 아울러 자신의 신성(神性)에도 다다랐을 것이다. 다만 그이는 그런 다다름을 우주적인 황제며, UFO로 표현한 것인지도 모른다.

내 안의 어떤 공간에 대해 나름대로 의미를 깨닫게 되자 나는 토굴에서 나왔다. 그리고 다시 가정이며 사회로 돌아왔다. 그렇게 가정이며 사회로 돌아와 훌쩍 스무 해가 지났을 때, 나는 나의 어떤 공간이 사라진 것을 알았다. 나는 전혀 섭섭하거나 아쉽지 않았다. 그리고 나는 내 안의 공간이 있던 자리에, 공간 대신에 죽음이 들어서 있는 것을 알았다.

나에게 죽음은 여전히 황홀한 축복이다. 나는 살아있으면서도 저 깊고 가없이 넓은 세상을 얼마든지 듣고 만지는 것이다.

가령 아무도 찾아낼 수 없는 깊은 골짜기에서, 내가
시체로 누워 있다고 하자.

가령 굶주린 독수리며 까마귀며 산짐승 들이
시체를 먹어치웠다고 하자.

가령 남은 것들은 파리가 구멍마다 구더기를 키우고
개미들도 넉넉하게 제 곳간을 채웠다고 하자.

가령 그다음에 시체의 진물까지도
풀이며 키 작은 나무들의 양분이 되었다고 하자.

가령 여러 해 후에는, 고스란히 뼈만 남아

햇살에 하얗게 빛난다고 하자.

가령 봄에는 꽃비가, 가을에는 낙엽이
하얀빛을 포근하게 덮는다고 하자.

가령 평생을 꾸정모기로 그악스럽던 내가
처음으로 부드러운 선물을 주고받았다고 하자.

노량목

내가 박말순의 부음을 전해 들은 것은 어제 오후였다. 휴대폰 속에서 어딘지 모르게 망설이는 듯 주뼛거리는 젊은 여인의 목소리가 내 이름을 확인하고는, 조심스럽게 물었다.

"저어, 혹시 박말순이라고, 아세요?"

"박말순이요?"

대답 대신에 내가 반문을 하자, 뭔가 화들짝 놀라는 것이 분명한 목소리가 변명이라도 하듯이 서둘러 말을 이었다.

"예, 제 어머니인데, 수첩에 선생님의 전화번호가 적혀 있어서요. 전화번호가 적힌 분이 몇 안 되거든요."

"박말순?"

얼핏 기억에 잡히지 않는 이름이어서, 나는 어쩌면 자칫 상대방에게 결례가 될지 모른다는 것을 번연히 알면서도 다시 한 번 입 안에서 되뇌었다. 명색이 기자 신분이다 보면, 취재 도중에 어디에든 정도 이상으로 명함을 건네기가 다반사였고, 그만큼 이쪽의 전화번호 또한 필요 이상으로 알려질 수도 있다.

"어머니는, 소리하는 분이세요, 남원에 사는."

휴대폰 속의 목소리는 수첩에 있는 전화번호를 따라 전화를 한 것이 무슨 큰 죄라도 된 듯이 숫제 주눅이 들어 있었다.

"아아."

소리하는 분이라는 말에, 나는 자신도 모르는 사이에 무슨 탄성이듯 외마디 신음을 질렀다. 불과 두 해 전의 일이었는데, 나는 박말순을 이름과 실제 인물 사이에서 자칫 혼동을 한 것이었다. 내가 그녀에 대해 알은체를 하자, 휴대폰 속에서 갑자기 달라진 어투가 재빨리 뒤따랐다.

"아세요?"

"알다마다, 알아요."

"어머니가, 돌아가셨어요."

"돌아가셨다고요?"

내가 되묻는 순간, 휴대폰을 대고 있는 귀에는 금방이라도 고막을 찢어버릴 것처럼 거칠고도 격렬한 목소리가 환청으로 터져오는 것이었다.

어허어 푸른 풀이 우거진 골짜악

내 사랑이 묻혀 있네에

내 사랑아아 자느냐아 누웠느냐아

불러보아도 어데도 없네에

휴대폰 너머 어딘가 캄캄한 어둠 속에서 무슨 폭탄이라도 작렬하듯 터져나는, 마치 소나무 껍질처럼 갈라터진 목소리는 흡사 배 속의 오장육부라도 끌어올려 모조리 몸 밖으로 쏟아낼 듯 혼신으로 떨리고 있었다. 흔히 〈홍타령〉이라고 부르며 정통으로 소리를 익힌 국악인들은 잡소리쯤으로 여겨 대개는 아주 친한 이들이 모인 사석이 아니면 부르기를 저어하였는데, 박말순은 바로 그 〈홍타령〉을 혼신의 힘을 다해 부르고 있었다.

이제 막 단풍이 만산홍으로 붉어지고 있는 지리산 달궁의 한 계곡이었다. 청중이라고는 달랑 사진기자와 나 둘만 있는 자리였다. 나중에 사진기자가 찍은 사진을 보니 나는 얼굴이 온통 눈물투성이가 되어 울고 있었다. 아마 장난기라도 발동한 사진기자가 나도 모르게 셔터를 누른 모양이었다.

내가 박말순을 취재하기로 한 것은 엉뚱하게도 편집주간의 강력한 권유 때문이었다. 그는 짐짓 필요 이상으로 엄숙한 표정인 채, 그의 책상 앞에 서 있는 나를 힐끔거렸다. 그가 그렇듯 엄숙한 표정을 짓는다는 것은 그만큼 까다롭거나 어려운 취재를 요구할 때라는 것을 모르는 기자들은 없었다.

"자네, 고향이 남원이지?"

"예."

내가 미처 자신도 모르는 사이에 긴장한 모습이라도 보였던지, 주간은 여전히 엄숙한 표정인 채 씨익, 웃어 보였다.

"자네에게 오랜만에 고향에 다녀올 행운을 선사하지."

주간이 이런 식으로 나오는 데는 뭔지 모르지만 분명히 함정이 있는 취재다 싶은 느낌 때문에, 나는 한발 물러서는 기분으로 말을 받았다.

"순전히 그런 이유라면 별로 달갑지 않은데요. 고향이라야 이제는 누구 하나 찾아볼 사람도 없거든요."

"그래? 그것 안됐군. 허지만 이건 내가 자네를 생각해서 특별히 소스를 주는 거야. 잘만 하면 분명히 대박이 터질 걸세. 자, 바로 이 여잔데, 남원에 사는 소리꾼일세. 아니, 소리꾼이기에 앞서 우리나라에서 가장 대찬 기생이라고 해야 하나, 하여튼 내가 보기에는 옛날 황진이에 버금가는 한마디로 멋진 여자일세. 만일 제대로 취재만 된다면 지면이야 얼마든지 줄 테니까 잘해보게."

내가 주간이 건네는 메모장을 받아 들자, 그는 비로소 엄숙한 표정을 풀더니 이제 막 초로의 나이로 접어들어 양 볼에 심술보가 만들어지기 시작한 늙은이의 짓궂은 표정으로 돌아가 다시 한 번 씨익, 웃어 보였다.

"아아, 내가 십 년만 젊었어도 절대로 자네한테 안 맡기고 몸소 나서는 건데. 딱 한 번만이라도 더 그 여자의 소리를 들을 수 있다면 무슨 수모인들 무서워하랴. 그 여자의 소리가 듣고 싶어서 벌써부터 귀청이 울어대는군."

"수모라니요?"

나의 반문에 주간은 얼핏 이마를 찡그리더니 이내 표정을 바꾸어 와하하, 짐짓 활달하게 웃어 보였다.

"와하하, 아무것도 아닐세. 다만 말조심은 해야 할 걸세. 그 여자가 한 성깔 하거든. 왜, 예쁜 꽃에는 반드시 가시가 있다고 하지 않던가. 허기는 자네하고는 전혀 상관이 없을지도 몰라. 그 여자가 한 성깔 하는 것은 대부분 내로라하는 지역인사들이라고 하더군. 그때도 술자리에서 시장인가 판사인가 하는 자가 자칫 신소리 한번 했다가 주전자째 술벼락을 받았었지. 와하하, 뭐라고 하더라. 아나, 처묵어라, 이거이 내 아랫도리 맛이다아, 그 인사 공연히 거들먹거리다가 된코로 당했어. 그 인사 옆에 앉았던 덕분으로 나도 덩달아 술벼락을 받았지만 말야. 나중에 알고 보니까 남원에서 그 여자에게 그런 식으로 수모를 당한 유명인사가 한둘이 아니더라구."

내가 돌아서려 하자 주간은 마지막으로 말을 덧붙였다.

"허지만 그 여자, 성깔만큼 소리도 뛰어났어. 뭐랄까, 그 여자의 소리를 듣다 보면 온몸이 샤워라도 하는 듯이 시원해지는 기분이 들거든. 아니, 무슨 빨판 같은 것이라도 달려 저절로 그 여자의 소리 속으로 끌려들어가는 그런 기분이랄까. 분명한 것은 그 여자의 소리 속에는 무슨 한 같은 것이 생짜로 들어 있다는 점이야. 암, 요즘 흔히 명창이니 국창이니 하며 한 소리 한다고 이름깨나 날리는 소리꾼들에게서는 찾아볼 수 없는 대단한 매력이 있어."

주간이 건네준 메모를 들여다보며 자리로 돌아오는 나의 눈에는 그의 심술보가 오래 남아 실룩거리는 것이었다. 나는 직감으로 이 취재가 쉽지 않으리라는 것을, 그리고 그만큼 어려운 작업이 되리라는 것을 느끼고 있었다.

나는 책상에 앉아서 아직도 검지와 중지 사이에 끼우고 있는 메모지를 물끄러미 바라보았다. 그러자 메모지를 쥔 손가락을 통해서 갑자기 온몸의 힘이란 힘은 죄다 빠져나가는 듯한 기분이었다. 어쩌면 취재의 대상이 남원 출신이고, 그것도 기생 이력을 지닌 소리꾼이라는 것이 나를 그토록 힘이 빠지게 만드는 것인지도 몰랐다. 나는 메모지를 쥔 손가락에 자신도 모르게 잔뜩 힘을 주었다.

어쩌면 잘된 일인지도 모르지. 어차피 한 번은 정면으로 부딪쳐야 할 때도 되었으니까.

초등학교 4학년인 나와 1학년인 여동생과 함께 이삿짐을 실은 트럭의 조수석에 올라타면서 어머니는 차창 밖으로 퉤, 하고 침을 뱉었다.

"퉤에, 징글징글한 인사, 다시는 내가 남원땅을 밟나 봐라. 그래, 냄새나는 기생년들 품에서 천년만년 잘 살아라. 어디 나 없이도 얼마나 잘 사나 두 눈에 화등잔을 켜고 지켜볼 테다. 퉤퉤."

어머니가 무슨 저주처럼 침을 뱉는 대상이 다름 아닌 아버지라는 것을 여동생과 내가 모를 리가 없었다. 남매는 어머니의 기이한 고별식을 침묵 속에서 잠자코 지켜보았다. 그렇게 남원을 떠나 서울로 올라온 어머니는 아버지의 살아생전에 정말로 두 번 다시 남원땅을 밟지 않았다.

어머니가 침까지 뱉어가며 저주하던 아버지는 고수(鼓手)이면서 동시에 남원에 있는 국악원이라는 곳의 소리 선생이었다. 그런 아버지의 주변에 소리하는 여자들이나 기생들이 꾀지 않을 리가 없었고, 허구한 날 술자리며 놀이판이 이어지지 않을 수 없었다. 이른바 아버지는 남원에서 소리 선생이면서 아울러 내로라하는 한량으로도 유명짜한 셈이었다.

내가 대학교를 졸업할 무렵, 어머니의 저주라도 이루어진 것인가, 이제 막 쉰을 넘긴 아버지가 심장마비로 갑작스럽게 세상을 떠났다. 그리하여 다시 내려온 남원땅에서 어머니는 이번에는 아버지의 장례 행렬에 길게 줄을 이으며 늘어진 수십 명 소복 차림의 여자들을 만나야만 했다. 그렇듯 광한루 앞에 길게 꼬리를 물고 늘어진 소복 차림의 여자들로 하여, 아버지의 장례식은 남원 사람들의 부러움과 탄성 속에서 치러졌다. 모르기는 해도 소복 차림의 여자들은 죄다 아버지의 소리 제자들이거나 아니면 술자리 상대의 기생들일 것이었다.

기이한 것은 장례 행렬에 늘어섰던 소복 차림의 여자들에 대하여 어머니가 장례식을 전후하여 뭐라고 단 한마디도 저주의 말을 내뱉지 않았다는 점이었다. 훗날 내가 그런 어머니를 보아내다 못하여 은근슬쩍 운을 떼자, 어머니는 가볍게 탄식하듯 한마디 흘리고 말았다.

"그것도 다 그 인사 복인걸, 굳이 죽은 다음에까지 탓해서 뭣할 것이냐."

남원의 변두리에 있는 장례식장에 차려진 박말순의 빈소는 나의 예상대로 쓸쓸할 만큼 조용했다. 유난히 휑뎅그렁하게 넓어 보이는 빈소에는 필시 고인의 소리 후배나 제자였을 법한 젊은 여자들 대여섯이 한 귀퉁이에 몰려 앉아 저마다 물 묻은 눈길이 되어 잠자코 술잔을 기울이고 있을 뿐이었다.

고인의 영정 앞에는 나에게 전화로 부음을 알렸던 이십 대의 딸이 달랑 혼자서 영정을 지키고 있었는데, 전혀 눈물 바람이라고는 없이 메마른 눈빛이었다. 고인에게 예를 드리고 물러나자, 빈소의 한 귀퉁이에 몰려 앉아 술잔을 기울이던 여자들 중에서 누군가가 손짓으로 나를 불렀다. 내가 다가가자 그녀는 잠자코 술잔부터 건넸다.

"혹시 몇 해 전에 우리 소리엄니 취재 왔던 기자님 아니시요? 맞다고라우? 그때 나가 먼발치서 뵀지라우. 새삼스럽게 고맙소. 구태여 안 와도 될 디를 이르코롬 먼뎃걸음까장 하시다니, 맘 쓰임새가 참말로 요샛사람 같질 않게 보드랍구만이라우. 기자님이 오세서 우리 소리엄니도 인자 떠나는 길이 쬐깜 덜 외롭겄소. 자, 나를 우리 소리엄니라고 여기고 술 한 잔 받으시요."

고인의 제자가 '요샛사람' 같지 않다면서 건넨 술 한 잔을 나는 단숨에 입안 깊숙이 털어 넣었다. 그러자 이번에도 고인의 소나무 껍질처럼 갈라터진 목소리가 흡사 몸속의 오장육부라도 쏟아낼 듯 혼신으로 떨리며 환청으로 터져오는 것이었다.

어여쁜 그 모습 어디다 두고
땅속에 너만 묻혀 나 오는 줄 모르느냐아
잔을 들어 술을 권하여도
내 잔을 잡지 아니하네에

내가 사진기자와 함께 남원에 도착하여 박말순에게 휴대폰으로 용건을 밝히자, 소리꾼 특유의 갈라터진 듯 메마르고 걸걸한 목소리가 수화기를 우웅, 우웅, 울리는 것이었다.

"소리허는 사람 취재를 왔다고? 사람 잘못 짚었소. 나 그런 디 얼굴 내미는 짓 좋아허덜 안 허요. 진작에 따른 디를 알어보시요."

"아니, 이건 선생님이 아니면 누구도 안 되는 일입니다."

내가 좀 더 버티자 휴대폰 너머에서 대번에 벼락이라도 치듯이 목소리가 한껏 올라갔다.

"선생님은 무슨 귀신 얼어 죽을 선생님이여? 지발 나 앞에서 선생님 소리 말어. 나는 선생님 소리를 들으면 온몸에 뚜드러기가 나서 못 견디는 사람이여. 그라고 남원에는 그런 식으로 선생님 소리 들음시롱 신문이나 방송 같인 디 얼굴 내밀고 싶어서 환장한 년들이 질바닥에 수북허게 쌓였을 팅께, 그냥 암디라도 가서 줏어 담고 가."

나는 휴대폰 멀리 상대방이 짤깍, 전화기를 내려놓는 소리를 들으며 다시 한 번 편집주간의 실룩거리는 심술보를 눈앞에 떠올렸다. 그리고 나도 모르는 사이에 어금니를 악물었다. 만일 여기에서 이대로 물러선다면 취재는 고사하더라도 어쩌면 두 번 다시는 고향을 찾지 못하게 될 것만 같은 느낌이었다.

내가 어렵게 수소문하여 박말순의 집을 찾아가자, 허름한 70년대식 국민주택의 대문 안에서 그녀는 이번에는 말 대신에 훠이훠이 손을 저어 거부의 의사를 보였다. 그러고는 이내 돌아서더니 쾅, 소리 나게 현관문을 닫았다. 이른바 철저하게 문전박대를 당한 셈이었다.

나는 사진기자에게 어디 가까운 모텔이라도 잡아 쉬고 있으라고 이르고는, 아예 대문 앞에 철퍼덕 주저앉았다. 그런 나의 시야에는 문득 어린 시절 내가 보았던 한 장면이 환영처럼 펼쳐져오는 것이었다.

여름이었던가, 창문을 활짝 열어젖힌 방 안에서는 이제 열일곱, 여덟이나 되어 보이는 젊은 여자가 날아갈 듯 화사한 한복 차림에 버선까지 신은 채, 온통 땀으로 범벅이 된 얼굴이 되어 소리를 하고 있었다. 그리고 그녀의 앞에 앉아 있는 아버지 또한 땀으로 얼굴이 범벅이 된 채 북을 두드리며 소리에 추임새를 넣고 있었다. 아버지가 소리를 가르치는 소위 국악원이었다.

"그렇지, 그래, 얼씨구, 좋고, 그렇게 넘어가야지. 지화자, 좋다아."

그러던 아버지가 어느 순간 절반쯤 몸을 일으키면서 손에 들고 있던 북채를 여자를 향해 내던졌다.

"그러면 안 돼, 이년아."

북채에 정통으로 이마를 맞은 여자가 풀썩 자리에 쓰러졌다. 그런 그녀의 이마에서는 어느새 선홍빛 피가 방울져 흘러내리고 있었다. 그리고 이내 아버지의 불호령이 뒤따랐다.

"이런 썩어빠질 년! 누가 그따위로 목을 떨으라고 하더냐?"

"잘못했어라우, 선상님."

"못돼묵은 망아지, 엉덩이에 뿔부텀 몬자 난다드니, 그새를 못 참고 어린 나이에 벌써 간드러진 소리를 맹글어야? 당장에 집어쳐, 이년아. 너는 소리꾼 되기는 폴새 그른 년이여. 진작에 술집으로 가서 작부 노릇 함서 몸이나 폴아 처묵어."

"선상님, 다시는 안 그럴게요, 한 번만, 한 번만 용서해주시요. 나도 모르게 그만 긴장이 돼서 목이 떨려부렀구만이라우."

"글렀어, 한번 간드러져서 노랑목이 되면 더 이상 고치기 힘든 벱이다."

아버지는 무릎걸음으로 걸어와 바짓가랑이를 붙잡는 여자를 뿌리치더니 바람처럼 방문을 나가버렸다.

초등학교 3학년이 되던 해였던가, 창밖에서 몰래 훔쳐보는 나에게 아버지가 보여준 그 장면은 아버지에 대한 어떤 두려움이나 공포를 넘어선 외경(畏敬) 자체였다. 어쩌면 나는 바로 그 순간 고수라는 아버지의 어떤 세계를 처음으로 인정했을 것이었다. 그런 아버지의 세계란 나로서는 도저히 가닿을 수 없는 까마득하게 먼 거리에 존재하는 어떤 것이었다.

아버지의 세계에 대한 까마득한 거리감 때문이었을까, 아버지에게 버림받은 채 방 안에서 울고 있는 여자를 훔쳐보며, 나는 자신도 모르는 사이에 눈물을 흘리고 있었다. 나는 그렇게 눈물을 흘리며, 아버지를 향한 어머니의 간단없는 저주를 이해했다. 어쩌면 그토록 끈질긴 어머니의 저주도 기실 아버지의 세계에 대한 어떤 거리감을 허물기 위한 나름대로의 필사적인 몸짓이었을 것이었다.

내가 구태여 대문 앞에 철퍼덕 주저앉았던 것은 어쩌면 박말순보다는 정작 어린 시절 나에게 내상(內傷)을 입힌 아버지의 세계에 대한 까마득한 거리감 때문이었는지도 몰랐다. 그랬다. 나에게 아버지의 세계에 대한 거리감은 어쩔 수 없이 상처가 되었다. 그리고 그 상처는 아버지가 죽고, 이십 년 가까운 시간이 훌쩍 흘러가 버린 지금까지도 나에게 결코 지워지지 않는 내상으로 남아 있는 것인지도 몰랐다.

얼마나 시간이 흘렀던 것일까, 가을해가 설핏 서쪽으로 기운다 싶은 무렵에 문득 대문이 열렸다. 어디 중요한 모임에라도 가려는 모양으로, 박말순은 정성 들여 화장을 한 얼굴에 금방이라도 날아갈 듯 화사한 옥색 한복 차림이었다. 얼핏 올려다보아도, 어딘지 모르게 젊었을 무렵의 요염한 교태가 아직도 그대로 남은 듯 고운 얼굴이었다. 그런 얼굴로 무슨 이해하기 힘든 수수께끼라도 생각났다는 듯이 이마를 찡그리며 나에게 일별을 던지더니, 그녀는 미처 내가 자리에서 몸을 일으키기도 전에 곧장 등을 보였다.

박말순이 다시 집으로 돌아온 것은 거의 자정이 다 된 무렵이었다. 골목길 저쪽에서 자동차의 불빛이 비친다 싶자 이내 택시가 대문 앞에 멈추어 섰다. 그리고 그녀는 휘청이는 몸짓으로 택시에서 내려서더니 내 앞에 서서 잠자코 나를 내려다보았다. 그런 그녀에게서 달착지근한 술 냄새가 풍겨오고 있었다.

"아직까장 나를 지달리는 품새를 봉께, 댁도 한 고집 허는 사람인 모양이요잉."

내가 잠자코 있자 박말순이 다시 말을 이었다.

"좋소, 일단 댁에 말이나 들어봅시다. 밤이 늦었제만, 우선 들어오시요."

나는 주저앉아 있던 자세에서 무겁게 몸을 일으켰다. 그리고 기지개를 켜며 무심코 밤하늘을 올려다보았다. 그러자 몇 점 흐린 별들이 졸 듯이 깜박이는 밤하늘의 어디에선가, 어린 시절의 내가 아직도 눈물을 흘리며 나를 내려다보고 있는 느낌이었다.

박말순은 나들이 옷차림 그대로 안방의 보료 위에 주저앉더니 잠자코 손짓으로 나에게도 자리를 권했다.

"그래, 도대체 뭐이 알고 잪소?"

"선생님에 대해서라면 뭐든지 다 알고 싶습니다."

나의 말에 박말순이 피식, 코웃음을 웃었다.

"또 그놈의 선생님 소리, 이것 보시요, 기자 양반. 딱 한 마디만 하지라우. 나는 실패한 년이요. 소리꾼으로도 그라제만 인생도 마찬가지요. 걸레보다도 더 지저분하게 살아온 년한티 대고 선생님 어쩌고 하면 됩데 욕이 되는 법이요. 다른 사람 같으먼 진작에 찻잔이라도 날아갔을 거인디, 한종일 나 같은 년을 지달리면서 대문 바깥에 쭈굴리고 앉아 있는 걸 봉께 우짠지 남의 일 같지 않어서 참고 있는 중인지나 아시요."

박말순이 정면으로 내 얼굴을 빤히 들여다보았고, 나는 그런 그녀의 눈을 피하지 않았다. 어쩌면 그녀의 입에서 실패한 년이라는 소리가 나올 때부터, 나로서는 더 이상 피할 수 없는 곳으로 내몰린 듯한 느낌이었는지도 몰랐다.

"좋습니다. 바로 그 실패했느니 걸레보다 더 지저분하다느니 하는 이야기라도 듣고 싶습니다."

박말순이 무슨 생뚱맞은 소리냐는 눈빛이었고, 나는 내 말에 쐐기라도 박는 기분으로 덧붙였다.

"물론 괜찮다면 말입니다. 소리를 하시는 분이 어떻게 해서 실패를 하고 걸레보다 더 지저분해지게 되었는지 하는 이야기라면 뭐든지 좋습니다. 만약에 기사로 나가서 남들한테 알려지는 것이 싫다면 절대로 기사로 쓰지 않겠습니다. 다만, 저 개인적으로는 꼭 듣고 싶습니다."

박말순은 순간 어쩔 수 없이 곤혹스러운 표정이 되었다. 그러나 나를 바라보는 눈빛이 이내 푸르게 살아나더니, 드러내놓고 흥, 하고 콧방귀를 뀌었다.

"개인적으로라도 듣고 싶다고? 좋아, 그런 뜻이라면 얼마든지 하제, 암 하고말고, 까짓것, 못 할 건 또 뭐여? 이왕에 내가 걸레보다 못하게 살어온 년이란 거이사 세상이 다 아는 사실인디, 여그서 더 감출 거이 뭐가 있겄어? 나사 암것도 무서울 것 없는 년잉께 기자 양반이 써묵을라면 얼마든지 써묵어도 괜찮어."

박말순은 말끝에 흡사 도전이라도 하듯이 새로운 눈길이 되어 나를 노려보았다.

"근디 그런 걸레 같은 이야기도 참말로 무슨 취잿감이 된단 말이여?"

"됩니다. 되고말고요."

내가 단호하게 고개를 끄덕이자 박말순은 비로소 눈에서 푸른 빛을 거두었다.

"암작해도 기자 양반이 요샛말로 정상은 아닌 것 같어. 몰르기는 해도 머리가 쬐깜 돌아갔을 거이여. 좋소, 기자 양반이 그르코롬 나온께 나도 고집으로라도 밀고 나가봐야겄구만. 어디 한번 둘이서 끝까장 가봅시다."

박말순은 약간 엉뚱하다 싶은 반응으로 나의 취재를 허락했다. 다음 날 다시 만나기로 하고 그녀의 집을 나서면서 나는 또다시 밤하늘을 올려다보았다. 여전히 몇 점 흐린 별들이 졸듯이 깜박이고 있는 아득한 거리의 어디에선가, 이번에는 아버지가 비웃음 가득한 눈길로 나를 지켜보고 있는 느낌이었다.

다음 날 내가 사진기자와 함께 박말순의 집을 찾자, 그녀는 잠이라도 설친 듯 부은 눈으로 나를 맞았다. 그리고 난감한 표정이 되어 몇 번인가 한숨을 쉬더니 무겁게 입을 열었다.

"밤새 이러저런 생각을 하다가 그만 잠을 놓쳐부렀소. 그동안 살아낸 인생을 되돌아봉께 첨부터 끝까장 모조리 징그럽고 끔찍허기만 합디다. 글고 그런 징그럽고 끔찍한 것을 새삼스럽게 여그서 더 까발게서 뭣할 꺼인가 싶은께 막막하기도 하고. 아무래도 나가 늙어감시롱 우세살이 뻗쳐서 기자 양반한테 흰소리를 쳤던 모냥이요."

나는 박말순의 말을 들으면서 잠자코 고개를 끄덕거렸다. 어쩌면 이 여자를 취재하지 못할지도 모른다. 스스로 고개를 끄덕이면서도 나로서는 기자로서의 무슨 책무감이나 위기의식 따위는 일어나지 않았다. 그리고 나의 입에서 전혀 생각하지 못했던 엉뚱한 질문이 쏟아져 나왔다.

"혹시 최 자, 성 자, 훈 자, 이름을 쓰는 분을 아세요?"

"최 자, 성 자, 훈 자?"

"예."

박말순이 얼핏 눈살을 찌푸리며, 최,성,훈, 최,성,훈, 하고 입안에서 이름을 굴리더니, 어느 순간 나를 향해 무릎걸음을 만들며 절반쯤 몸을 일으켜 세웠다.

"오메, 최성훈이라면, 혹시 국악원에 소리 선상님 말씀인 게라우?"

"예."

"그라먼 혹시 최성훈 그분이?"

나로서는 어차피 내친김이었다.

"예, 제 부친입니다."

박말순은 철퍼덕 소리를 내며 무릎걸음을 풀고 제자리에 물러 앉더니 혼잣말로 중얼거렸다.

"그랬구만. 우짠지 첨 보는 얼굴이 아니다 싶더니, 그분 자제분이었구만. 시상에 이런 기맥힌 인연이 또 있을랑가."

어쩌면 내가 박말순에게 구태여 아버지의 이름을 들먹인 것은, 저 어린 시절 아버지의 북채를 맞고 방바닥에 쓰러진 채 이마에 선홍빛 핏방울을 흘리고 있던 젊은 여자가 언제부터인가 그녀의 난감해하는 얼굴에 겹쳐 어른거렸기 때문인지도 몰랐다. 나는 아직까지도 겹쳐서 어른대는 두 얼굴을 눈앞에 바라보며, 저 어린 시절에 이어 또다시 눈물이라도 흘릴까 봐 두 눈을 부릅떴다.

그렇게 두 눈을 부릅뜬 채 나는 박말순에게 국악원 창밖에서 어린 내가 보았던 장면에 대해 이야기했다. 내가 어렵사리 이야기를 끝내자 그녀는 한숨과 함께 고개를 끄덕였다.

"맞소, 그 젊은 년이 바로 나요."

그러고는 박말순이 나에게 말머리를 돌렸다.

"혹시 노랑목이란 말을 들어보셌소?"

박말순의 물음에, 기다렸다는 듯이 나의 귓바퀴에는 국악원 창밖에서 들었던 아버지의 성난 목소리가 웅웅거리고 있었다.

글렀어, 한번 간드러져서 노랑목이 되면 더 이상 고치기 힘든 벱이다.

나는 박말순보다는 차라리 아버지를 상대하는 기분으로 입을 열었다.

"무슨 뜻인지 정확히 모르지만, 한 번 들은 적이 있습니다."

박말순은 잠자코 고개를 끄덕이며 나의 말을 받아들이더니 거기에다 또다시 한숨을 보태었다.

"남원에서 소리꾼이 될라고 하는 젊은 애기들마다 한 번썩 거쳐야 하는 상사벵이 있는디, 나도 예외는 아니었소. 아니 어떤 애기들보다 나가 그만 그놈의 상사벵을 심하게 앓고 말았소. 아매도 다른 애기들보담 나가 심성이 약했던 탓일 거이요. 아니면 다른 애기들보담 조금 더 얼굴이 빤닥시럼한 탓이었거나. 글다 봉께 우짤 수 없이 죽니 사니 험시롱 상사벵에 매달렸는디, 바로 소리 선상님이 그 대상이였제라우. 우찌게 생각하면 선상님과 제자 사이에 저질러서는 안 될 사련이 생겨져뿐 셈이요. 글다 봉께 선상님 앞에만 서면 자꼬 목소리까장 간들어져뿔고, 한편으로는 〈심청가〉 나 〈춘향가〉, 〈홍보가〉 같은 전통적인 판소리보다는 달짝지근한 〈홍타령〉이 그만 입에 달라붙어부렀소. 그렇게 간드러져서 달짝지근해진 목소리를 바로 노랑목이라고 하는디, 나가 그만 노랑목이 되고 말아뿌렀던 거이요."

박말순은 말끝에 나를 곱게 흘기더니 입가에 피식, 쓴웃음을 피워냈다. 그녀의 노랑목에 대한 나름대로의 사연을 듣는 동안, 나는 어딘가 깊이를 알 수 없는 밑바닥으로부터 갈증이 치밀어 올라 그만 목울대를 태우는 듯한 기분이었다. 어떻게 보면 기실 아버지에 대한 나의 오랜 내상이라는 것도 저 노랑목과 비슷한 데가 없지 않을지도 몰랐다. 내가 충동적으로 그녀에게 불쑥 말을 건넸다.

"괜찮으시다면, 어디 가서 술 한잔 대접해드리고 싶습니다."

"술? 대낮부텀 술이라고?"

박말순이 약간 생뚱하다는 표정으로 나를 흘겼고, 나는 애원이라도 하는 눈빛으로 그녀를 바라보았다.

"사실은 제가 그만 술이라도 마시지 않으면 못 견딜 것 같은 마음이 되어서요."

나의 말에 박말순이 금방 흔쾌한 표정이 되더니 이내 고개를 끄덕였다.

"그럽시다. 기자 양반이 아니라 나도 우짠지 술이 땡기는 기분잉께. 기자 양반을 오랜만에 우리 선상님이 살아오신 거이다, 하고 생각한다면 그런 술맛도 다시없을 것 같구먼."

박말순이 어딘가로 전화를 하더니, 이윽고 입꼬리를 비트는 듯 야릇한 웃음과 함께 나를 돌아보았다.

"쪼그만 카페를 함서 소리를 배우는 내 소리제잔디, 내가 가게문 열어라고 했등만 이년이 대뜸 허는 소리가, 엄니, 대낮부텀 술을 찾는 것을 봉께 또 그놈의 염세벵이 도진 거이요? 하고 물읍디다."

남원 시내 번화가 뒷골목에 있는 명성이라는 카페는 정말로 홀에 테이블이 달랑 두 개만 놓여 있는 작은 술집이었다. 삼십 대 중반쯤 되었을까 하는 주인 여자가 약간 어이없다는 듯이 눈을 커다랗게 뜬 채 박말순을 맞았다.

"참말로 뭔 일이다요, 엄니? 요새 들어 안 허시든 짓을 다 허시고."

주인 여자는 뒤이어 들어서는 나와 사진기자를 발견하고는 눈을 더욱 크게 만들었다.

"오메, 손님이 계셨구만이라우?"

박말순은 카페로 들어서자 주인 여자를 제치고는 마치 제집처럼 탁자들을 지나쳐서 안으로 들어가 홀에 딸려 있는 방문을 열었다.

"가게문 닫아걸고 방에 맥주 잠 들여라. 니도 들어와서 술시중 잠 허고."

박말순은 방으로 들어서서 철버덕 소리를 내며 앉더니 비로소 나에게 눈길을 주었다.

"소리 배우는 우리 애기들 사는 꼴이사 맨날 이 모냥잉께, 더 이상 눈 설어허지 말고 그냥 들어오시요."

이윽고 맥주며 마른안주 따위로 방 안에 작은 술상이 차려지자 박말순은 스스로 맥주를 따라서 단숨에 술을 비웠다. 내가 그녀를 따라 단숨에 술을 비우자 그녀가 기다렸다는 듯이 익숙한 솜씨로 잔에 술을 채웠다. 그렇게 몇 순배인가 술잔을 비우고 난 뒤에, 그녀가 어딘가 먼 곳이라도 바라보는 눈길이 되어 비로소 입을 열었다.

"초등학교 1학년 땐가 축음기란 것을 첨 구경했는디 거그서 들은 것이 바로 판소리였든 거요. 아매 임방울 소리가 아니었는지 모르겄소. 그 뒤로 누가 갈쳐주지도 않았는디 모든 노래를 소리 식으로 길게 빼서 불르기 시작했구만. 이를테면 애국가도, 도옹해에무울과아아 배액두사안이이 마아르고오 다알토오로옥…… 이런 식으로 말이여. 글고 가을에 나락이 익어서 참새를 쫓니라고 논두락에서 우여어 우여어 하고 소락대기를 질르먼 나는 그 소락대기마저도 소리 식으로 우여어어어어, 길게 빼서 불르곤 했제. 어쩌면 그거이 내 첫 소리 공분지도 몰르겄소잉. 글다가 나가 남원여중을 다닐 때였는디 그때 임춘앵이가 허는 여성국극단이 들어와서 광한루 앞에다가 포장을 치고 가설극장을 만들어서 공연을 하고 있었구만. 글고 거그서 나는 제대로 된 소리를 첨으로 들었소. 아하, 소리가 이런 거이구나 하고 나름대로 짐작을 하게 된께 참말로 소리를 배우고 잪어서 미치겄드라고. 무슨 귀신이 씌어도 그렇게 숭한 귀신이 씔 수가 없었을 것이여. 학교도 빼묵고 날마다 가설극장으로 구경을 갔는디 우짤 때는 돈이 없어가꼬 어른들 치마꼬리를 붙잡고 매표원 몰래 들어감서까장 단 하루도 빼묵지 않고 구경을 했구만. 글다가 국극단이 김천으로 가뿔자 나는 급기야 가출을 해서 김천까장 따라가서 거그서 사무를 보는 남자를 만나 그 사람한테 졸라댔어. 나도 국극단에 따라댕김서 소리를 배우겄다고 말이여. 그랬등만 그 남자가 정식으로 소리를 배운 담에 찾어오라등만. 국극단에 들어올라면 나이도 안직 어리다고 함서."

박말순은 아직도 어딘가 먼 곳을 바라보는 눈길인 채, 단숨에 술잔을 비우고는 다시 말을 이었다.

"다시 남원으로 돌아와서 여그저그 알아봉께 바로 광한루 앞에 정식으로 소리를 갈체주는 국악원이 있드라고. 물론 시방 같은 국립국악원 같은 것은 아니고, 일종의 사설 국악원이었소. 거그 가서 소리선상님을 만나서 정식으로 요즘 말로 하는 오디션인가를 보게 되얐는디, 그 소리선상님이 나를 보고 아무 소리라도 한번 불러봐라고 하등만. 그래서 나가 국극단에서 〈춘향전〉이니 〈홍부전〉이니 하는 것을 봄시롱 숭내를 냄서 따라 불렀등 것을 나름대로 해봤등만 소리선상님이 하는 말이, 목청 한나는 참말로 빼어나게 타고났다는 거여. 금시롱 배울라면 한번 배워봐라고 하등만. 그때부터 나는 댕기던 중학교도 때래치우고 본격적으로 소리를 배우기 시작했는디, 그때 내 나이가 열다섯 살이었소. 소리를 첨 배울 때는 대개 〈춘향전〉 중에서 옥중에 갇힌 춘향이가 이도령이 왔단 소식을 듣는 대목부터 시작허요. 왔다안 말을 듣고오 나갈 마음은 간절허나아 매 맞은 자리가 장독이 터져나서 걸음을 걸을 수가 정히 없네에, 이렇게 부르는디 아마 이 대목이 젤로 배우기 쉽기 때문일 거이요."

박말순은 국악원에서 판소리며 단가를 배우는 한편으로 틈틈이 소위 웃어른들을 모시는 예법이며 서예와 한자도 배웠다.

그 무렵 이승만 대통령 생일 기념으로 서울운동장에서 전국농악경연대회가 열려 남원에서도 국악원을 중심으로 여성농악단을 만들어 대회에 참가했는데, 일등을 하였다. 여기에서 박말순은 아직 어려 소고를 쳤는데, 이 대회를 계기로 하여 남원여성농악단이 전국적으로 이름이 알려져서 공연을 다니기도 하였다. 전국을 떠돌면서 천변이나 장터에 포장을 치고 가설극장을 만들어 입장료를 받는 여성국극단이며 유랑극단 비슷한 홍행단체가 된 셈이었다. 남원여성농악단은 농악에다가 살풀이 같은 고전무용과 함께 〈홍부전〉이나 〈춘향전〉, 〈심청전〉 따위를 입체 창극으로 만든 레퍼토리로 공연을 했는데, 이 농악단 시절에 그녀는 설장구를 맡거나 창극에서 조연으로 출연하기도 했다. 그녀는 한 해의 절반은 남원여성농악단으로 전국을 돌아다니고 절반은 국악원에서 소리선생에게 소리를 배웠다.

"그 소리 선상님이 바로 기자 양반 아부님이었소."

박말순은 지금까지 먼 곳을 바라보던 눈길을 돌려 비로소 나를 흘기면서, 슬쩍 한쪽 입꼬리를 비틀어 올리는 식으로 쓴웃음을 지어 보였다. 그녀의 입에서 아버지가 나오자 나는 자신도 모르는 사이에 꿀꺽, 마른침을 삼켰다. 그리고 이내 술잔을 들어 단숨에 들이켰다. 그러자 그녀가 나를 따라 단숨에 술잔을 비우더니 불쑥 나에게 빈 잔을 건네는 것이었다. 그런 그녀는 아직도 한쪽 입꼬리가 비틀린 채로 빙긋이 웃고 있었다.

"자, 다 늙은 년이지만, 내 술 한 잔 받으시요."

내가 술잔을 받자 박말순은 맥주병을 들어 익숙한 솜씨로 술을 따랐다. 그리고 내가 다시 단숨에 들이켠 다음에 빈 잔을 내밀자 그녀가 기다렸다는 듯이 잔을 받았다. 그녀는 그렇게 나에게서 술잔을 받아 들고서는 어쩔 수 없이 유감한 눈길이 되어 어딘가 모를 먼 곳을 바라보았다.

"나가 소리 선상님한테 애낌을 참 많이 받았소. 펭소에는 그르코롬 무서운 호랑이 선상님이 다시 없제만, 우짜다가 술이라도 한잔하시고 맘이 풀어지면, 내 머리를 쓰다듬음시롱, 니는 타고난 소리꾼이다, 난중에 틀림없이 명창이 될 거이다, 허는 말을 입에 달다시피 함시롱 나를 귀여워했응께. 글다 봉께 그만 나도 몰르게 겁이 없어져가꼬 차츰 선상님한테 딴맘이 생겨뿐 것이요. 나가 열여덟 살이었을 때였소. 당시 선상님 숙소가 국악원 안에 있었는디, 그날따라 선상님이 어디선가 술이 많이 취하세가지고 저녁 늦게 들어오셌소. 펭소에도 항상 깔끔허신 한복 차림이였는디 그날은 옷맵시도 흩어지고 걸음걸이도 휘청거림서 금방이라도 쓰러질 듯 기우뚱거리는 품새가 참말로 제정신이 아니드랑께요. 그걸 본 나는 버선발로 뛰어가서 선상님을 부축해가꼬 방으로 모셌소. 얼릉 의복을 벗게드리고 이부자리까장 봐서 잠자리를 해드려도, 어쩌다 눈을 뜬 선상님은 이미 눈이 많이 풀레가지고 나가 누군지도 몰라보더니 그대로 잠이 들어붑디다. 나는 젖은 수건을 맨들어가꼬 잠든 선상님의 얼굴도 닦아드리고 손발까장 닦아드림시롱 선상님을 옆에서 가만히 지케봤소. 글다 봉께 펭소에는 그르코롬 무섭게만 여겨지던 선상님이 나라도 옆에서 지켜줘야만 하는 꼭 무슨 어린 애기 같은 생각이 들드란 말이요. 그람시롬 단 하루만이라도 좋은께 선상님 옆에서 함께 자고 싶다는 욕심이 생기는 거이요. 그래서 나도 치마저고리를 벗고, 속옷 바람으로 선상님 옆에 가만히 누웠소."

박말순이 여전히 어딘가 모를 먼 곳을 바라보았고, 나는 언제부터인가 그녀의 눈동자에 어른대기 시작하는 물기를 훔쳐보았다. 물기는 어느새 눈물방울이 되더니 그녀의 고운 얼굴에 도르륵, 한 방울이 구슬처럼 흘러내렸다. 그녀는 그렇듯 눈물 바람을 한 채 어쩔 수 없이 유감한 눈빛이 되어 내 쪽으로 눈길을 돌렸다.

"국악원에서 나가 처음 배운 말이, 한 남자를 만나면 속치마를 뜯어가지고 와이셔츠를 만들어줄 만큼 사랑을 해라는 거이었소. 그르코롬 사랑이라는 것을 배왔는디, 나는 제대로 해보도 못 하고 됩데 그놈의 사랑 때문에 결국은 노량목이 되야가꼬, 그 대상한테 버림까장 받아뿐 거이요."

박말순이 말끝에 문득 체머리를 흔들었다.

"우쩧게 보면 사랑이란 열병을 불과 열여덟 살 나이에 너무 혹독하게 치러뿐 거인지도 모르제. 댁에 아부님한티 버림받고, 나는 요정에서 소위 머리를 틀어 올렸소. 안직은 순정한 처녀 몸으로 돈 많은 남자한테 비싼 해우체를 받고 그 처녀를 포는 관습이 바로 머리를 틀어 올린다는 거인디, 상대는 당시 순창에서 갑부로 유명했던 윤봉수라는 이였소. 그이는 사십 대였는디 지리산에 있는 천불암이란 절에서 족두리를 쓰고 결혼식도 올리고 기념사진도 찍고 그르코롬 신방까지 차렜지라우. 그란디 첫날밤을 지내고 나서 그이가 쩟쩟, 입맛을 다심서 한 마디 허등만. 허어, 밤송이가 익기도 전에 알밤부터 까져부렀네에그랴. 첨에는 무슨 말이었는지 몰랐는디 난중에 알고 봉께 나가 처녀가 아니라는 말이었소.

비록 말은 그럼서도 그이가 많이는 나를 좋아했소. 근디 남녀 사이의 정이란 거이 참 맘대로 안 됩디다. 그이가 나를 좋아허면 좋아헐수록 나는 됩데 그이가 무신 저승사자처럼 끔찍하기만 한 거이요. 하기사 열여덟짜리가 그놈의 사랑 땜시 몸과 맘이 둘 다 거덜나뿐 상태로 다른 남자한테 안기기 쉽지는 않었을 것이제. 글다봉께 나한티는 그 인사가 무신 불구대천의 웬수가 따로 없어. 꽃다운 청춘이 왜 사랑하지도 않은 사람한테 몸을 바쳐야 한가 하고 오직 그것만 분하고 억울했소. 할 수가 없어서 궁리 끝에 난중에는 베를 한 필이나 끊어가꼬 생리대를 맨글어서 밤낮으로 차고 지냈소. 생리가 불순해서 맨날 생리를 한담서. 그이가 첨에는 내 말을 곧이듣고 생리가 잘 나오라고 허구한 날 한약을 사다가 달여멕이는디, 아이고, 그놈의 쌩약을 어징간히도 묵었구만. 그르코롬 나가 남녀 사이의 밤일을 싫어항께 그이가 난중에는 무신 눈치를 채고 나한테 치부책까장 보여줍디다. 이 철따서니 없는 년아, 니 밑으로 들어간 돈이 시방 얼맨 줄이나 아냐, 험시롱. 우찧게 보면 옛날에는 소리를 배우는 국악인들한테는 머리를 얹는 일이 일종의 필요악 같은 거이었소. 머리를 얹짐서부터 부자들이 후견인처럼 되야가꼬 더 이상 경제적인 어려움이 없이 맘 놓고 소리에만 전념할 수 있도록 해주는 것이제. 근디 나는 그이를, 아니 그이한테 몸을 맽기는 일을 더 이상 견뎌내지 못하고 결국은 도망을 가고 말었소."

박말순은 서울로 도망을 가서 당시 종로 3가에 파고다공원 뒤편에 있던 명창 박초희가 열고 있는 소리 학원을 찾아갔다. 그리하여 일 년 남짓 열심히 소리를 배워 마침내 문하생 발표회에 낄 수가 있었다. 이를테면 정식으로 그녀가 소리꾼이라는 것을 세상에 알린 셈이었다. 그러나 그녀의 노랑목을 박초희 또한 모르쇠 넘어가지는 않았다. 언젠가 박초희는 그녀에게 소리를 가르치다 말고 한숨을 쉬었다.

"아이고, 이년아, 너는 무슨 팔자가 그렇게 어지러워서 아직도 어린년이 벌써부터 소리에 가득히 정한을 싣는단 말이냐?"

박초희가 말하는 정한이라는 것이 자신의 노랑목을 지칭한다는 것을 박말순이 모를 리가 없었다.

그 무렵 박말순이 서울에 가서 정식으로 소리꾼이 되었다는 소문이 닿았던 것일까, 머리서방 윤봉수가 찾아왔고 한바탕의 시끄러운 소란 끝에 함께 남원으로 돌아왔지만, 그녀는 다시 한 번 도망쳤다. 그녀는 어떻게 손이 닿아 전주에서 만들어진 호남여성농악단이라는 흥행단체에 들어가 전국을 돌아다녔고, 그쯤에서는 윤봉수도 마침내 그녀를 포기했다. 호남여성농악단 시절 그녀는 단연 발군이 되어 설장구며 살풀이에다가 창극의 주인공까지 맡아 인기를 독차지하기 시작했다. 그러면서 그녀는 당당한 프로가 되어 케라라고 부르는 출연료를 받게 되었다.

박말순이 정말로 사랑이란 것을 몸과 마음으로 느껴본 것은 여성농악단 시절 부여에서 공연을 하다가 우연히 만난 남자에게였다. 그녀는 소위 속치마를 뜯어가지고 와이셔츠라도 만들어주고 싶은 한 남자를 만났던 것이다.

"부여에서 공연을 할 때인디, 나보다 몇 살 더 안 먹은 것 같은 젊은 청년이 여관으로 꽃다발을 들고 찾아왔등망. 요즘 말로 하면 팬이었제. 전성덕이라는 대학생이였는디, 첨에는 시답잖은 촌놈이 겉멋이 들어갖고 별 요상한 짓을 다한다 싶어 콧방귀를 뀌고 말었제. 근디 공연 때마다 한 번도 빠짐없이 무대 바짝 아래에 앉아갖고 나만 바라보고 또 공연이 끝나면 여관으로 꽃다발을 갖고 찾아오는 거이여. 글다가 부여서 공연이 끝나고 공주로 갔는디 거그까장 따라왔어. 그쯤에는 나도 그 사람의 정성에 반해부렀구만."

박말순은 전성덕과 무슨 꿈결같이 몸을 섞었다. 그러면서 그녀는 비로소 왜 여자가 한 남자를 위하여 모든 것을 바칠 수가 있는가 하는 질문에 대한 답을 몸으로 알았다. 그녀는 그의 요구에 따라 여성농악단도 그만둔 채 공주에서 단칸방을 얻어 살림을 차렸다. 그렇게 그와의 꿈결 같은 시간이 흘러갔다. 얼마 후에 그녀는 그의 만류에도 불구하고 스스로 세븐 미장원이라는 곳에 조수로 들어갔는데, 그녀는 그렇게 한 남자만의 여자가 되어 미장원 일까지 하는 자신이 더없이 자랑스러웠다.

"어느 날인가 한 떼의 여자들이 미장원으로 몰려와 다짜고짜 머리채를 잡아쥐는 거여. 알고 봉께 그 사람 집안 식구들이었는디, 나보고 더러운 기생 출신이 남의 아들 신세를 망칠라고 불장난을 한담서 갖은 수모를 다 주등만. 그래도 안 됭께 그 사람을 강제로 붙들어다가 감금을 시켜놓고는 부랴부랴 날을 잡아서 결혼을 시켜불드라고. 그쯤 된께 나도 세상에 대해서 갑자기 눈이 번쩍 떠지는 기분이 들등만. 이런 거이 세상이라는 거이구나, 글고 나는 이런 세상하고는 인연이 없는 모양이구나 하고 말이여. 나는 그 남자를 포기하고 남원으로 내려와서 다시 소리꾼으로 돌아갔제."

박말순이 전성덕의 죽음을 안 것은 그로부터 몇 달 후였다. 어느 날 그녀의 집으로 편지가 왔는데 발신인은 부여의 전성자였다. 그녀는 전성덕의 누나로 초등학교 여선생이었는데, 그동안 둘의 사랑을 반대해서 미안하다면서 죽은 동생이 쓴 유서를 주인에게 부쳐주는 것이 도리로 여겨져서 함께 보낸다는 내용이었다.

"이 세상에서 못 이룬 사랑은 죽어서라도 이루겠다는 유서였어. 그 당시만 해도 택시가 없이 합승이 있었는디 나는 유서를 받자마자 합승을 타고 부여로 갔어. 글고 그 사람 묏등을 붙들고 원없이 울었구만."

박말순이 세상살이의, 아니 남녀 간의 사랑이 지닌 한계며 허무를 제대로 알게 된 것은 전성덕이 죽은 후부터였다. 그녀는 차츰 술맛을 알기 시작했고, 자신을 좋다고 따라다니던 남자들과도 쉽게 어울렸다. 그녀는 자진하여 남원에 있는 춘강원이라는 요정에 나가 기생 노릇을 하며 생면부지 하룻밤 손님들에게까지도 기꺼이 몸을 내던졌다. 요정의 주인은 곰보 할머니였는데 항상 춘향이와 월매 사진을 벽에 걸어두고 기생도 주로 소리꾼들 중에서만 고르는 이였다.

박말순은 남원 춘강원 시절을 거쳐 부산 동래온천에 있는 요정으로 흘러갔다. 기생으로서의 그녀는 동래온천 시절이 가장 전성기였는지도 몰랐다. 여성국악단에서 익힌 뛰어난 춤이며 설장구며 재담은 소리와 더불어, 이제 남자와 주고받는 애정의 깊고 엷음이며 달콤하고 쓴 맛까지 함께 아우르는 농익은 여자가 되어, 소위 기생으로서도 한껏 물이 올라 무엇이든지 차고 넘쳐나는 시절이었다.

어쩌면 소리꾼으로서의 박말순도 그 무렵이 마찬가지로 전성기였는지도 몰랐다. 소리꾼으로서의 그녀의 가장 큰 결점이었던 노랑목이 그녀 스스로 무슨 득음 따위는 포기한 채 차라리 그녀가 지닌 사랑의 애달픈 정한을 한껏 목소리 속에 싣게 되자, 누구도 감히 흉내 낼 수 없는 그녀만의 매력이 된 것이었다. 어쨌거나 정한으로 깊이 떨려나는 그녀의 노랑목은 무슨 명창이나 국창 같은 세속의 잣대와는 상관없이 이미 사람살이의 깊은 울림을 지니게 되고, 그것이 그대로 손님들의 심금을 파고들었을 것이었다.

동래온천 시절 박말순은 자신 때문에 패가망신하는 남자들을 여럿 보아냈다. 가방 가득히 돈을 가지고 와서 그녀 앞에 팽개치며 이것으로 그녀를 사겠다는 단순한 남자에서부터 그녀에게 빠져 가산을 탕진해버리고 폐인이 된 남자들이 한둘이 아니었다. 그때부터 어쩌면 남자들에 대한 피해의식과 죄의식이 그녀의 의식 속에 서로 비슷비슷한 무게로 함께 엮였는지도 몰랐다. 그녀는 소위 '뭇 남성의 노리갯감'이 되었다가 동시에 '뭇 남성을 사랑한 죄인'이 되어 동래온천 시절을 보냈다.

박말순은 두 해쯤 동래온천 시절을 보내고 자갈치 시장 언저리에 직접 요정을 차려 춘향각이라는 옥호를 내걸었다. 옥호를 춘향각이라고 내걸었듯이 그녀는 방마다 춘향실, 월매실, 향단실, 방자실로 꾸미고 기생들은 물론 주방의 일꾼들까지 남원에서 데려다 쓰는 한편으로 음식 또한 전라도 일색으로 꾸몄다. 그리고 그녀의 단골손님들에게 인사를 다녔다.

"기생이건 음식이건 진짜 전라도 맛을 볼라먼 춘향각으로 오시요."

박말순의 전라도 일색은 뜻밖에도 손님들의 기호에 맞아떨어져 춘향각은 저녁마다 방이 미어터지게 손님들이 몰려들었다. 그녀는 춘향각 시절에 돈을 갈퀴로 긁어모은다는 옛말을 실감했다. 그렇게 주체할 수 없을 만큼 돈이 모이자 기이하게도 바로 그때부터 그녀는 소위 염세병을 앓기 시작했다.

"언제부턴가 갑자기 돈도 싫고 남자도 싫고 명예도 싫은 거여. 세상 모든 것이 다 싫어져불드만. 나가 이렇게 돈을 벌어 갑부가 된들 뭣할 거이냐. 남자들이 나를 좋아해서 그까짓 연애를 해본들 뭣할 거이냐. 소리 잘한다고 칭찬을 들은들 뭣할 거이냐. 하여튼 나가 하는 것은 뭣이든지 다 허무해져뿐 거이여. 글다 봉께 눈앞에 보이는 모든 것이 징그럽고 끔찍하고 그저 하나같이 캄캄하기만 해. 그래서 할 수 없이 병원에를 갔드니 의사가 나더러 염세병을 앓고 있다고 허드만. 염세병이 딴말로 하면 허무병이고 정신병이여."

박말순의 인생역정이 염세병까지 앓는 사이에, 대낮부터 시작했던 술자리는 어느덧 자정을 넘어 있었다. 얼마 전부터 방 한 귀퉁이에 쌓이기 시작한 술병들의 취기에 곁들여, 그녀뿐만 아니라 나 또한 그녀의 인생역정에 깊이 취했을 것이었다.

"아이고, 이렇게 걸레같이 지저분한 인생도 무슨 자랑이라고, 놈우세스런 줄도 몰르고 기냥 푹 빠져부렀네. 새삼시럽게 부끄럽구만. 오메, 글고 봉게 시간도 이렇게 훌쩍 지나뿔고. 어이 기자 양반, 이것으로도 모자라?"

나는 절레절레 고개를 흔들었다.

"아닙니다. 이것만으로도 충분합니다. 다만."

"다만?"

"다만, 내일 한 번만 더 선생님을 뵙고 싶습니다."

"그놈의 몸서리나게 지긋지긋한 이약을 낼까장 계속하자고?"

박말순의 말에 내가 이번에는 손사래를 쳤다.

"내일은 선생님의 소리를 듣고 싶습니다. 물론 선생님만 좋으시다면요."

"소리를? 그렁께 걸레처럼 지저분한 내 인생만으로도 모잘라서 인자는 간들어빠진 내 노랑목까장 내놓으라고?"

"예. 바로 노랑목입니다. 바로 그 노랑목을 꼭 듣고 싶습니다. 이것은 순진히 제 개인적인 소원입니다. 정말로 꼭 듣고 싶습니다."

"허어, 노랑목을 듣는 것이 소원이라고?"

박말순이 헛웃음을 웃었고, 나는 무릎걸음으로 한발 더 그녀에게 다가갔다.

"예, 소원입니다."

"까짓것, 소원이라는디……."

나는 불현듯 정색을 한 채, 박말순을 향해 큰절을 했다. 그러자 그녀는 전혀 당황한 기색도 없이 그윽한 눈길로 나를 지켜보았다.

"만약에 기자 양반도 기생이 되얐드라면 남자들 여럿 신세 조졌겄구만. 좋아, 기왕지사 나가 기자 양반한테 가랑이까지 벌린 셈인디 여그서 뭔들 더 못 주겄어? 노량목 아니라 노량목 할아부지라도 안 무서워. 그라먼 내일은 저그 지리산 달궁에나 올라가보자고. 마침 단풍철도 되얐응께."

내가 구태여 고인의 장례식에 이어 화장터까지 따라간 것 또한 어쩌면 노량목 때문이 아니었을까.

바로 그 노량목 때문에 아버지에게 버림받은 채 울고 있던 여자를 훔쳐보며 저 어린 시절 내가 흘렸던 눈물이 세월을 훌쩍 뛰어넘어 종내 나를 화장터까지 이끈 것은 아니었을까.

한적한 산골짜기 안에 자리 잡은 화장터에는 이른 봄의 햇살이 무슨 투명한 주렴처럼 가득히 쏟아져 내리고 있었다. 나는 무심한 눈길이 되어 그렇듯 시야 가득히 쏟아져 내리는 투명한 주렴을 바라보았다. 그런데 불현듯 시야가 뿌옇게 흐려지는 것이었다.

"네가, 울고 있구나."

나는 마치 다른 사람이라도 되는 것처럼 자신을 향해 소리를 내어 말했다. 그러면서 나는 이른 봄의 햇살이 어루는 투명한 주렴을 향한 채 손으로 눈을 부볐다. 여전히 시야는 뿌옇게 흐려지고, 나는 투명한 주렴이 너무 눈부셔서 자꾸 눈을 부볐다. 그렇게 눈을 부비며 나는 투명한 주렴 너머 어디선가 들려오는 아버지의 노기 띤 목소리를 고스란히 들었다.

글렀어, 한번 간드러져서 노랑목이 되면 더 이상 고치기 힘든 벱이다.

어쩌면 고인을 소리꾼으로서만이 아니라 삶마저도 '걸레보다 더 지저분하게' 몰아가버린 노랑목은 비단 고인에게뿐만이 아니라 나에게까지도 일종의 노랑목이 되었던 것인지도 몰랐다. 내가 그렇게 자신의 노랑목을 인정한 순간, 나는 가슴 밑바닥에서 흡사 잘 달구어진 쇠꼬챙이가 마구잡이로 쑤셔대는 것 같은 격심한 통증을 느꼈다. 나는 급기야 두 손으로 가슴을 움켜잡으며, 고인과 나를 노랑목으로 만든 아버지의 어떤 세계에 대하여 힘껏 고개를 가로저었다. 내가 아버지의 어떤 세계에 대하여 감히 정면으로 거부를 한 것은 이번이 처음이자 마지막일 것이었다.

고인의 시신을 담은 관이 화장터의 불꽃 속으로 넣어지자, 어제까지 고인의 영정 앞에서 눈물 한 방울 떨구는 법이 없이 메마른 눈빛으로 견뎌내던 딸이 갑자기 격렬한 울음을 터뜨렸다.

"엉엉, 엄니, 안 돼야. 엉엉, 이렇게 가불면 안 돼야. 엉엉, 엄니가 끝까장 나한테 이럴 수는 없단 말이여. 엉엉."

고인의 딸이 몸부림 끝에 아예 두 눈을 하얗게 뒤집으며 바닥에 쓰러져 실신을 했고, 고인의 제자들이 쓰러진 그녀의 몸뚱어리를 매만지며 저마다 쯧쯧, 혀를 찼다.

"쯧쯧, 그래, 니가 아무리 모질고 독한 척해도, 우짤 수 없이 우리 소리엄니 핏줄은 핏줄이었구만."

"그래사제, 니라도 그르코롬 정신을 놓고 쓰러져야 우리 소리엄니 황천길이 한결 덜 외로울 거이다."

제자들의 혀를 차는 소리에 뒤섞여, 나에게는 문득 살아생전 고인이 딸에 대해 넌지시 건넸던 말이 들려오는 것이었다.

"나가 염세병을 앓다 봉께, 함꾼에 소리허는 국악 선배들이 나더러 염세병을 고칠라먼 자석이 있어야 헌다는 거이여. 우리같이 국악을 허는 년들이 다들 늙어서 너나없이 폐인이 되는디 그 이유가 뭐인지 아냐, 더 이상 남자도 싫고 돈도 싫은 염세병 땀새 그렇다. 그 염세병을 못 이게서 함부로 몸을 굴리다가 너나없이 폐인이 되는 거이다. 그랄 때 거두어야 할 자석이라도 있으면 달라야. 나가 국악 허는 선배들 그 말에 속아 넘어가서, 그놈의 염세병을 없앨라고 일부러 애비가 누군지도 모르는 새끼를 한 마리 맹글았소. 근디 나가 막상 애비도 모르는 새끼를 맹글고 봉께 공연시 새끼한테 몹쓸 짓을 한 것 같아서 두고두고 가심에 못이 되야뿌렀소."

나는 이제 막 불꽃이 넘실넘실 옮겨붙고 있는 시신에서 눈길을 돌려, 창 너머로 햇살이 어루는 투명한 주렴을 바라보고 있었다. 그런 나에게는 고인의 시신이 아닌, 바로 고인의 소나무 껍질처럼 갈라터진 목소리가 한 가닥 연기처럼 피어올라 투명한 주렴을 타고 어디론가 하늘하늘 사라져가는 느낌이었다.

어화 잊으라면 잊어주마아
못 잊을 내 아니다아
내 너를 잊어서 네 갈 길이 행복이라면
내 가슴 병들어도 잊어를 주마아

박말순은 단풍 빛으로 은은하게 타오르는 연분홍 치마저고리를 화사하게 차려입고서 나와 사진기자를 기다리고 있었다. 우리는 곧바로 차를 타고 지리산으로 출발하였다. 차가 지리산 산자락으로 스며들어 달궁으로 넘어가자, 어언 산자락은 물론이려니와 그 아래 숨어 흐르는 물빛마저도 붉게 단풍으로 물들어, 시야에 비치는 산천은 온통 만산홍이었다. 그렇듯 단풍이 이루는 만산홍을 지나는 사이에 문득 그녀의 입술을 뚫고 침통한 한숨 소리가 새 나왔다.

"우리 같은 소리꾼들이 젊어서야 사랑도 받고 귀염도 받으며 호화롭게 살제만 늙으면 누구보다 비참해. 시상에 뭇 남자들이 우리가 없으면 금방 죽을 것처럼 간살을 떨제만 설핏 나이만 들었다 허면 언제 그랬냐는 듯이 찬바람을 일으킴서 고개를 돌려뿌러. 그라면 우리한테 남은 것은 딱 한나뿐이여. 염세병. 이놈의 염세병을 앓다 봉께 너나없이 지도 모르는 새에 슬금슬금 아펜에 손을 대고 마는 거여. 시상에 아펜만큼 무서운 요물이 없을 거이구만. 그르코롬 세상이 온통 허무하고 끔찍하고 깜깜하다가도 아펜만 들어가면 갑자기 무신 딴 세상처럼 환해져부러. 천국이나 극락이 따로 없어. 우찌게 보면 우리 같은 소리꾼들의 말로에 지달리고 있는 것은 그놈의 염세병하고 아펜밖에는 없을 거이여."

차는 줄곧 단풍이 이룬 연분홍 터널을 지나고, 박말순의 한숨 소리도 깊어졌다. 나에게는 어쩔 수 없이 그녀의 한숨 소리마저도 연분홍으로 물든 듯하였다. ……아펜 때문에 감옥에도 갔다가 왔다. 그 후로는 쎗바닥을 깨물고 죽을 작정으로 아펜을 끊고 대신에 술로 견뎠는디, 하루도 술 깬 날이 없이 노상 술이 취해 옆구리에 술병을 차고 살았다. 깨먼 묵고 깨먼 묵고 깨먼 묵고, 아침부터 묵어서 밤에 잠들 때까장 술에 젖어 살았다. 한번은 엄동설한에 술을 묵고 눈 속에 파묻혀 정신을 잃었는디 지나가던 행인이 머리카락이 눈 우에 나온 걸 보고 끄집어냈다. 또 한번은 술이 취해 산날망에서 굴러떨어졌는디 여섯 바퀴를 굴러서 시궁창에 처박혔다가도 살아났다. 그라면서 나는 차츰 내 몸땡이를 천대하는 재미를 붙였다. 근디 내 몸땡이를 천대하면 할수록 가심속에 깃든 저놈의 한은 더욱더 깊어져만 갔다.

차가 달궁의 한 골짜기에 멈추어 섰다. 그리고 마침내 골짜기의 계곡물 가운데 있는 넉넉한 바위 위에 박말순이 자리를 잡고 앉았다. 그런 그녀를 골짜기에 가득한 단풍과 그 단풍에 물든 계곡물이 배경이 되어주었다. 그녀는 스스로 고수 노릇을 겸하여 북채로 북을 두드리며 목을 가다듬더니, 드디어 소리를 터뜨렸다. 흡사 배 속의 오장육부라도 끌어올려 모조리 몸 밖으로 쏟아낼 듯 혼신으로 떨리는 그녀의 목소리는 소나무 껍질처럼 갈라터져 있었다.

사랑 사랑 내 사랑이야 어허둥둥 내 사랑이야 이리 보아도 내 사랑 저리 보아도 내 사랑 우리 둘이 사랑타가 생사가 유수되어 한번 아차 죽어지면 너의 혼은 꽃이 되고 나의 혼은 나비 되어 이삼월 춘풍시에 네 꽃송이 내가 안고 날개를 쩍 벌리고 훨쩍훨쩍 춤추거든 나인 줄 알려므나

둥둥둥 내 낭군 어허둥둥 내 사랑 저리 가거라 뒤태를 보자 이리 오너라 앞태를 보자 빵긋 웃어라 입속을 보자 어화둥둥 내 사랑아 사랑 사랑 내 사랑이야

……비나이다 비나니요 하느님 전 비나이다 임자생 성춘향이 낭군 향해 수절허다 옥중장혼 되얏으니 우리 사위 이몽룡이럴 전라감사나 전라어사나 양단간에 추수하옵소서 내 딸 춘향이를 살려주오 아가 춘향아 예끼 천하에 몹쓸 년아아 양반 서방이 얼마나 좋더냐 어데 가서 생겨나기를 못하고 죄 많은 내게 태를 사서 어미 죄로 너 죽는다아……

박말순이 문득 소리를 멈추더니 지긋이 나를 내려다보았다. 그녀의 눈빛을 대하는 순간, 나는 마치 잘 벼린 비수가 내리꽂히는 듯하여 자신도 모르게 진저리를 쳤다. 그녀는 비수 같은 눈빛으로

여전히 나를 내려다보며, 한쪽 입꼬리를 슬쩍 위로 비틀어 씨익, 웃음을 흘렸다.

"참, 기자 양반이 날더러 노랑목을 들려달라고 했던가? 글고 봉께 나 같은 노랑목에는 이런 고상한 판소리는 안 어울리고 〈홍타령〉같이 천한 것이 제격일 거인디, 나가 잠시 주제 파악을 못 했네잉. 그라먼 어디 한번 〈홍타령〉으로 넘어가보더라고."

박말순은 아예 북채를 던지고 몸을 일으키더니 덩실덩실 춤을 추었다. 그녀의 연분홍 치마저고리는 조그만 바위 위에서 마치 한 잎 단풍처럼 하늘하늘 하늘거렸다. 한동안 춤을 추던 그녀의 입술을 뚫고, 이윽고 〈홍타령〉이 터져나왔다.

어화 한일 자 마음심 자로 혈서를 썼더니이
님은 간 곳 없고 이제 와서
깊어진 찬바람에 단풍잎만 떨어지네에

어화 중천에 저 달이 거울이었더라면
깊은 내 사랑을 밤마다 비춰보련만
거울 못 된 저 달이 원수로다아

어화 눈비 뿌리는 해변가에에
엄마를 잊어버린 저 갈매기 엄마 엄마 부르짖어도
엄마는 간 데 없고 눈비 바람만 뿌리네에

어화 한 많은 이 세상 어디로 발길을 옮겨야
신상의 길을 물어 우리 님을 찾아갈꼬
아서라 괴롭다아
나도 우리 님을 따라 속세를 떠날라네에

나는 박말순의 〈흥타령〉이 비단 나의 귀가 아니라 온몸의 피부를 통해서 가득히 나에게 스며드는 것을 느꼈다. 그렇게 나에게 스며드는 그녀의 〈흥타령〉은, 언제부터인가 더 이상 〈흥타령〉이 아니었다. 그랬다, 그녀의 〈흥타령〉은 저 만산홍의 은은한 연분홍 빛깔처럼 나의 몸속에서 노랑목이 되어 있었다. 그리고 나는 간단없이 나에게 스며든 그녀의 노랑목이 마침내 나의 노랑목과 합쳐지는 것을 보았다. 그리고 나는 또 보았다. 나의 몸속에서 하나로 합쳐진 그녀와 나의 노랑목은 만산홍의 은은한 연분홍으로 온몸을 물들이고는 급기야 두 눈으로 몰려가고 있었다.

눈물은 걷잡을 수 없이 솟아나왔다. 나는 눈물을 흘리고 흘리고 또 흘렸다. 그렇게 눈물을 흘리면서 나는 만산홍의 연분홍 눈물로 아롱진 시야 가득히 무슨 파노라마처럼 박말순의 한평생이 펼쳐지는 것을 보았다. ……일찍이 소리선생의 저주를 받아 엉덩이에 뿔이 난 못돼묵은 망아지가 되어 간드러진 소리를 만들어버린 열여덟 그녀가 펼쳐지고 있었다. 그렇게 뭇 남성의 노리갯감이 되고 동시에 뭇 남성을 사랑한 죄인이 된 그녀가 펼쳐지고 있었다. 그렇게 소리꾼으로도 인생으로도 실패한 걸레보다 더 지저분한 그녀가 펼쳐지고 있었다. 그렇게 돈도 싫고 남자도 싫고 명예도 싫어서 결국 염세병이 걸린 그녀가 펼쳐지고 있었다.

고인이 한 줌 가루가 되어 담긴 유골 단지를 들고 달궁의 골짜기를 찾았을 때, 흐르는 물빛마저도 붉게 물들이던 두 해 전의 만산홍은 그림자도 찾을 수가 없었다. 대신에 앙상한 가지를 하늘로 뻗어 올린 채 아직은 시린 초봄의 바람에 온몸을 떨고 있는 나목들과, 그 나목들의 밑동에 희끗희끗 남은 잔설이 있었다. 그 잔설 속에서 철 이르게 피어난 진달래 몇 송이가 어쩐지 눈에 밟히는 것이었다.

화장터에서 실신한 끝에 아직도 다리에 힘이 돌아오지 않아 고인의 소리제자들의 부축을 받고 있는 딸 대신에, 내가 유골 단지를 들고 계곡으로 내려갔다. 그리고 고인이 자리 잡고 앉아 스스로 고수 노릇을 겸하여 북을 두드리며 목을 가다듬던 바위에 올라섰다. 이윽고 바위를 감돌아 흘러가는 계곡물에 고인의 유골 가루를 한 줌, 한 줌, 뿌렸다. 유골 가루는 계곡을 오르내리는 바람결을 따라 잠시 고인의 춤사위처럼 두둥실 떠오르더니 이내 계곡물이며 수풀 사이로 사라졌다.

바위 위에서 잠자코 유골 가루를 뿌리는 나의 시야에는 어쩔 수 없이, 한 잎 단풍처럼 고인의 연분홍 치마저고리가 하늘거렸다. 그와 함께 어제인 듯 분명한 목소리로, 흡사 배 속의 오장육부라도 끌어올려 모조리 몸 밖으로 쏟아낼 듯 혼신으로 떨리는 고인의

〈홍타령〉이 들려오고 있었다.

그때 바위 위에 있는 고인을 올려다보며 온통 눈물투성이가 된 나에게 고인이 버선발로 달려왔던가. 달려와서 연분홍 치마저고리의 넉넉한 품 안에 가만히 나를 품어주었던가. 품은 채, 손으로 도드락도드락 나의 등을 두드려주었던가, 그러다가 단내를 풍기는 입김과 함께 말했던가.

"오메, 이런 걸레 같은 년한티 큰절을 함서 노랑목도 좋다고 꼭 듣고 잖다고 헐 때부텀 나가 진작에 알았어야 헌디, 망헐 년, 인자사 알었네."

"……."

"소리 선상님 땀시 심든 사람이 나만은 아니었어."

그러다가 눈물투성이의 내 얼굴에, 고인 또한 눈물투성이인 얼굴을 부벼댔던가.

무문관 無門關

석우(釋宇)가 첫눈치고는 제법 많이 오신 눈을 치우느라 이른 아침부터 빗질을 하고 있을 때, 암자 입구 정자나무 쪽에서 귀에 익은 소리가 들려왔다.

"쳇, 누가 꽉 막힌 율사(律師) 아니랄까 봐. 겨우내 지겹게 내릴 텐데 요령 없이 눈님은 왜 치우누?"

사형되는 석전(釋田)이었다.

"스님…… 어, 언제 나오셨어요?"

마치 어제인 듯 일상적인 표정으로 암자 마당에 들어서는 석전이 눈에 믿어지지 않아서 석우가 말까지 더듬었고, 그런 석우를 향해 석전이 흐흥, 코웃음 소리를 냈다.

"어디에서 나와?"

"무문관에서……."

석우가 입을 열자, 석전이 손을 크게 저어 보였다.

"무문관 같은 소리 하지를 마라."

"……?"

"무문관도 그저 그런 절집 중의 한 곳이야. 그렇지 않아도 너나 없이 무문관이 무슨 벼슬길인지 알아서 공연히 부끄러워지던 중인데."

석우가 얼핏 헤아려보니 석전이 큰 절에 있는 무문관에 들어간 지도 벌써 삼 년이 지난 것이었다. 무문관이란 이름 그대로 한번 들어가면 정한 기한을 채우기 전에는 열리지 않는 문으로, 깨달아 한소식을 하기 위해 숫제 목숨까지 도외시한 스님들이 마지막으로 찾는 용맹정진의 선방이었다. 그런데 석전은 무문관에 들어갈 때도, 지극히 일상적인 표정으로 흐응, 코웃음 소리까지 내며 석우를 돌아보았었다.

"그놈이 아무래도 궁금해서 말이야."

"그놈이라니요?"

"거 있잖아, 엉뚱하게 쳐들어와 내 안에서 상전 노릇하려 드는 그놈."

"아, 그분이요……."

석우가 비로소 '그놈'에 대해 지피는 데가 있어서 '그놈'을 '그분'으로 바꾸어 대꾸했고,

"그분 좋아하네. 잘 지내."

석전은 더 이상 돌아보지 않고 무문관의 철문 안으로 성큼성큼 들어가 버렸다.

석우가 큰스님으로부터 골짜기 안쪽에 있는 암자를 인수받아서 공양주 보살도 없이 혼자 자취 비슷하게 살림을 시작했을 때였다. 워낙에 오래 비어 있는 동안 폐사처럼 방치되어 부처님께 향을 태우거나 사십구재를 지내려고 오는 신도들도 아예 끊겨버린 터여서, 큰 절에서 다른 스님들이며 신도들의 비위를 못 맞추고 이리저리 혼자 겉돌던 석우에게는 그만큼 제격인 암자이기도 했다.

석우가 암자로 자리를 옮기자마자 석전은 기다렸다는 듯이 뒤따라 와서 식객 노릇을 시작했다. 식객이라지만 끼니때마다 발우공양보다는 술 공양을 더 즐기는 편이어서, 석우는 사흘이 멀다 않고 절 아래 민가에까지 거의 십 리에 가까운 산길을 오르내리며 술심부름을 해야 했다.

석우보다 5년쯤 빠르게 큰스님의 제자가 되었던 석전은 석우가 면도칼로 파랗게 머리를 밀고 행자 생활을 시작할 무렵부터 석우만 보면 실실 웃으며 놀려대곤 했었다.

"초짜 스님, 뭘 얻어먹을 게 있다고 절에 들어와 머리까지 깎고 중이 되셨을까? 내 차비 마련해줄 테니까 다시 아랫세상으로 돌아가우. 빌어먹더라도 아랫세상이 낫지."

석전이 석우의 암자를 아예 거처 삼아 허구한 날 술이나 푸는데도 이상하게 석우는 석전을 미워할 수가 없는 마음이었다. 이를테면 석전이 술을 마시는 일만 해도, 옆에서 지켜보고 있다 보면, 왠지 모르게 가슴 한편이 찡하게 아파지는 식이었다. 사형은 지금 몹시 힘든 싸움을 하는 중이다. 한밤중에 불도 켜지 않은 골방에 앉아서 안주 따위도 없이 독한 소주를 강술로 부어대는 석전을 대하다 보면, 아예 가슴 전체를 촛불로 지져대는 것처럼 아파지는 것이었다. 사형은 지금 술을 마시는 것이 아니라 누구보다 고통스럽게 통과의례를 치르고 있는 중이다.

"스님, 왜 그렇게 술을 마셔요? 무슨 괴로운 일이라도 있어요?"

석우가 한번은 조심스럽게 묻자, 석전은 하루 종일 마셔댄 중에도 뜻밖에 말끔한 눈빛으로 석우를 건너다보았다.

"차라리 괴롭기라도 하면."

"아니, 괴로운 일도 없다면서 술은 왜 마시나요?"

"흐응, 술의 힘을 빌려서 내가 나하고 한번 겨뤄보는 셈이라고나 할까? 이놈, 이래도 네가 중이냐? 이놈, 이래도 네가 감히 부처를 꿈꾸느냐? 내 안에 자리 잡은 어떤 존재가 어디에서부터 잘못된 것은 분명한데, 멀쩡한 정신으로는 그게 어디서부터인지 잡히지를 않는 거지. 헌데 술을 마시다 보면 어렴풋하게나마 그 지점이 잡히는 기분이거든."

아직도 존재감이 느껴지지 않는 석전 앞에서 석우가 여전히 넋이라도 나간 듯한 표정으로 바라보고 있자, 석전이 등에 지고 있던 바랑을 벗으며 말했다.

"아니, 그러고만 있지 말고 이 걸망 좀 받아줘. 이른 새벽부터 길을 나섰더니 속옷이 땀에 다 젖었네."

"참, 내 정신 좀 봐, 이리 주세요."

석우가 빗자루를 한편으로 치우며 석전에게서 바랑을 건네받았고, 한발 먼저 절 마당으로 들어서며 물었다.

"아직 아침 공양 전이지요?"

"그 안에서 살다 보니 먹는 것도 귀찮아져서 일중식(日中食)을 하다가 그만 버릇이 되고 말았어. 이따 사시(巳時)공양이나 주슈."

석우가 석전의 '그놈'에 대해 참다못하고 그만 입을 연 것은 방에 들어와 석전의 찻잔에 차를 따르면서였다.

"스님, 그분은 찾으셨어요?"

"그분?"

석우가 어렵게 건드린 '그놈'에 대해 석전은 전혀 처음 들어보는 소리라는 듯이 작은 눈을 크게 뜨며 생경한 표정이 되었다.

"왜, 스님이 무문관에 들어갈 때, 아무래도 그분이 궁금하다면서 그분을 찾겠다고 하셨잖아요?"

석우가 자세하게 설명했고,

"에이, 그놈을 그분이라고 바꾸니 내가 알 턱이 있나. 그러고 보니 내가 그놈을 찾겠다고 무문관에 들어갔었지."

석전이 비로소 알은체를 하더니 단박에 고개를 저었다.

"그놈, 깜박 잊어버렸어."

석전이 식객 노릇을 시작한 지 얼마 안 된 무렵이었다. 밤늦게 자시 기도에 나섰던 어느 신심 깊은 보살 할머니가 일부러 석우의 암자에 들려, 큰 절 아래 유원지 근처에서 술에 취한 나머지 인사불성이 되어 길가에 쓰러져 있는 석전에 대해 기별해주었다. 석우가 부랴부랴 내려가자 아니나 다를까, 석전은 무슨 시체처럼 온몸을 오그린 채 아직도 술 냄새를 풀풀 풍기며 길가에 널브러져 있었다. 석우가 안간힘을 다해 석전을 일으켜 등에 업고 어렵사리 걸음발을 뗐다. 그렇게 산길로 접어들어 약사여래상까지 왔을 때였다. 석전이 등 뒤에서 작은 소리를 냈다.

"석우 스님, 내려줘."

석우의 등에서 내려선 석전이 석우를 돌아보았다.

"약사여래상에 저렇게 많은 이들이 붙어서 울부짖고 있는 줄은 몰랐어."

아무도 없이 을씨년스러운 약사여래상 근처에 누가 있다고 저런 담, 석우가 고개를 외로 트는 동안에, 석전은 비칠비칠 약사여래상 아래로 가더니 뜻밖에도 너부죽 엎드려 큰절을 드리는 것이었다.

"불쌍한 분들. 너나없이 뭐 하러 인연을 받아 세상에 태어나고 늙고 병들어 이 고생인지 모르겄수."

석우가 눈을 휘둥그레 뜬 채 지켜보고 있는 동안에 석전은 아예 오체투지의 진지한 태도로 한 번, 두 번, 세 번, 큰절을 드리기 시작했다. 하는 양으로 보아서는 아마 백팔배라도 드릴 모양이었다. 큰 절이며 암자에 사는 동안에 석우는 단 한 번도 석전이 부처님이며 아미타불, 혹은 관세음보살에게 절이나 염불 따위 불공을 드리는 것을 본 적이 없던 터였다. 얼마쯤 큰절을 올렸을까, 석전이 갑자기 약사여래를 올려다보더니 어어, 하고 신음 소리를 냈다.

"어어, 저게 뭐야?"

석전이 이번에는 약사여래를 향해 양손으로 손사래를 저어댔다.

"안 돼. 아직은 안 되우."

손사래를 젓던 석전이 어느 순간 허물어지듯 그 자리에 주저앉았다. 그리고 내처 으헝, 소리를 내어 울기 시작했다.

"으헝, 안 돼, 으헝, 이런 식으로는 안 되우. 아직 때가 아니우."

석전은 얼굴 전체가 눈물투성이 되어 여전히 약사여래를 향해 손사래를 치며 흡사 무슨 짐승처럼 으헝으헝, 울어댔다. 석전의 울음은 두어 시간은 좋이 계속되었는데, 울음이 어찌나 맹렬하던지 어느새 큰 절의 스님들이며, 근처 암자에서 백일기도를 올리던 무당이며, 산속 깊은 곳에서 마음을 닦는다는 소위 도꾼들까지 약사여래상으로 몰려들어 구경할 정도였다. 훗날 석우가 그날 밤의 일에 대해 묻자, 석전은 부끄러운 듯 얼굴까지 빨개지며 더듬거렸다.

"갑자기, 내가, 사라져버리는 거야."

"사라져버려요?"

석우가 긴가민가한 의심 속에서 자신도 모르게 큰소리로 물었고,

"응, 내가 사라져버리더니 이번에는 약사여래 위에서 나를 내려다보는 거야."

석전이 어눌하게 대답했다.

석전이 띄엄띄엄 덧붙인 말에 따르면, 약사여래 위에서 내려다보니 절을 하고 있던 자신의 형상은 사라지고 흡사 아무렇게나 벗어놓은 헌 옷 같은 것만 후줄근히 남아 있더란 것이었다. 이를테

면 그 후줄근한 헌 옷 같은 것도 분명히 석전 자신이고, 약사여래 위에 있던 것도 분명히 석전 자신인데, 석전으로서는 그런 식으로 자신이 둘로 극명하게 분리된다는 것이 견딜 수 없이 분한 기분이었다고 했다.

"그럼, 흔히 말하는 유체이탈이라는 것인가요?"

"몰라. 내가 헛것을 본 것은 분명한데, 헛것치고는 너무 분명해서 말야. 어쨌든 그놈 때문에 골머리만 아프게 생겼어. 설사 그놈을 나의 진체(眞體)라고 인정한다고 해도, 하나는 후줄근한 헌 옷이 되고, 또 하나는 약사여래 위에 올라앉는다는 식은 인정할 수가 없어."

"아니, 세상에, 그분 찾는 것을 잊어버려요?"

'그놈'에 대해 너무 쉽게 고개를 저어 보이는 석전 때문이었을까, 석우는 얼핏 반발심이 솟는 것이었다. 석우의 반발심 따위는 전혀 무시한 채 석전은 또다시 기다렸다는 듯이 쉽게 대답했다.

"응, 한 일 년 그놈을 찾았을까, 찾다 보니까 아무래도 나하고는 상관없는 옆길에서 불쑥 나타난 엉뚱한 놈이라는 생각이 들더군. 이를테면 말이야, 그놈이란 내가 가는 궁극의 어떤 길에서 잠깐 한눈을 팔았을 때, 다시 제대로 된 길로 이끌어주는 일종의 방편(方便)일 수도 있었던 거야. 그렇게 방편으로 치부하고 무심해지니까 나중에는 결국 그놈을 찾는다는 것마저 깜박 잊어버렸지 뭐야."

"그럼 그동안 무문관에서 뭐 하고 지내셨어요?"

석우가 여전히 가벼운 반발심을 보이자 석전이 빙긋 웃었다.

"놀았어."

"놀아요?"

"응."

"술도 없는데, 어떻게 놀아요?"

마침내 석우가 비장의 보도라도 되는 양 석전의 아픈 곳을 찔렀고, 석전이 이번에는 푸하핫, 홍소를 터뜨렸다.

"아이쿠, 우리 율사, 그동안 나한테 잔소리하고 싶어서 어떻게 참았누?"

석전은 마치 껴안기라도 하듯이 가까이 몸을 기울여 친애 가득한 눈으로 석우를 들여다보더니 다시 말을 이었다.

"술도 없이 노는 법을 가르쳐줄까?"

"예."

"나도 무문관에서 삼 년이나 썩은 공이 있는데 맨입으로는 안 되고, 어디 다락 깊이 숨겨둔 소주 없어?"

석우는 잠자코 자리에서 일어나 눈길을 내려가서 술을 사왔다. 그런 석우로서는 어쩐지 석전에게는 지금 이 순간 다른 것도 아닌, 술이 가장 필요할지도 모른다는 생각이 드는 것이었다. 삼 년 전과 삼 년 후의 자신을 확인하는 데는 술만 한 것이 없을지도 모른다.

석전은 연거푸 서너 잔을 목 안으로 깊이 들이부은 다음에 지긋한 눈길로 석우를 건네다 보았다.

"카아, 삼 년 만에 마시는 술이라 역시 각별하네. 게다가 우리 율사까지 지켜보고 있으니 더 맛이 깊지 뭐야."

석전은 사무치다 싶을 정도로 몰두하여 술만 마셔대더니 세 병째 비우고 나서야 비로소 말을 이었다.

"이상하게도 술을 마시면 나한테서도 비로소 사람 냄새가 나는 느낌이 드는 거야. 멀쩡한 정신으로는 그렇게 부정하던 나의 가장 추악한 것도 문득 다 인정할 것처럼 자신에게 너그러워지고. 평소에 나한테는 눈에 불을 켜고 찾아봐도 없는 자비심이 술 때문에 어디서 쥐눈물만큼 삐죽 솟아난다고나 할까. 그러니 내가 술을 끊을 수가 있나."

술에 취한 것일까, 석전은 확실히 부드러워진 눈빛으로 석우를 바라보았다.

"석우 스님, 머리 깎은 지 얼마나 됐지?"

"다섯 해 넘어 여섯 해에 접어드나 봐요."

"그럼, 슬슬 물이 오를 때가 되었네."

"……?"

석우가 눈으로만 무슨 뜻인지, 묻자 석전이 장난기가 섞인 어조로 말했다.

"하염없는 중질 말이야."

석우가 전에 없이 덩달아 석전의 장난기를 이어받았다.

"하염없는 중질만으로 따지자면 스님보다 훨씬 물이 올랐을지도 모르지요."

"호오, 이것 봐라. 석우 스님, 못 본 삼 년 동안에 많이 오르셨

네. 나 따위 땡중은 쳐다볼 수 없을 만큼 오르신 모양이지?"

석전이 장난기를 거두며 정색으로 궁금해했고, 석우는 그런 석전의 정색에 그만 등에 땀이 나는 기분이어서 얼른 고개를 숙였다.

"스님, 제가 무람없이 농담했어요."

석전이 껄껄 웃으며 예의 친애의 눈길로 석우를 더듬었다.

"하여튼, 이런 천진불(天眞佛)이 또 있으실까."

"……."

"나한테 노는 것을 배우고 싶어?"

"예."

"노는 것을 배우려면, 지금까지 석우 스님이 배운 공부를 다 버려야 하는데?"

"공부를, 버려요?"

석우가 어쩔 수 없이 불안한 마음이 되어 되물었다.

"어디 공부뿐이랴. 큰스님도 버리고, 절도 버리고, 부처님도 버리고, 심지어 자기 자신마저 버려야지."

석전의 너무 거창한 대답에 석우가 한동안 뜸을 들인 다음에 더듬더듬 말을 골랐다.

"아무래도, 저한테는, 너무, 경계가 높은 것 같아요."

석전이 대뜸 고개를 끄덕였다.

"그래, 쉽지 않겠지. 자칫하면 절집에서 쫓겨나는 일인데. 아니, 절집이 문젠가. 까닥 잘못했다가는 자신의 정체성마저도 잊어버릴걸."

그리고 무슨 여운처럼 다시 말을 이었다.

"허지만 언제라도 놀고 싶다는 생각이 들면 나한테 말만 해. 만일 석우 스님이 나를 흉내 내지 않고 자기식으로 놀자리만 마련한다면, 노는 일도 꽤 매력이 있거든."

석전이 말끝에 자리에서 일어나더니 주섬주섬 옷을 챙겨 입으며 행장을 차렸다.

"어디 가시게요?"

석우가 묻자 석전이 씨익, 웃으며 손으로 바지 주머니를 두드려 보았다.

"큰스님이 모처럼 큰마음을 잡수신 모양이야. 만행(萬行)인지 뭔지 하라는 핑계치고는 행전(行錢)이 너무 많아. 무거워서 도무지 무게를 감당할 수가 있어야지. 내 평생에 처음 짊어진 큰돈인데 빨리 버려야지, 잘못하면 짓눌려 죽겠어."

석우는 짐작이 가는 바가 있어 석전 모르게 가만히 고개를 끄덕였다. 무문관이 아닌 여느 선방에서도 하안거나 동안거가 끝나면 참선을 마친 스님들에게 차비 겸해서 제법 두둑한 행전을 주는 것이 관례처럼 되어 있었다. 이를테면 두둑한 행전에는 석 달 동안의 안거에 힘들었을 몸과 마음을 행운유수(行雲流水), 구름 가는 데로 물 흐르는 데로 맡긴 채 만행에 들어가라는 뜻도 숨어 있었다. 그런데 하물며 3년을 다 채운 무문관에서랴.

석전이 다시 암자를 찾은 것은 열흘쯤 지난 후였다. 석전은 밤이 꽤 깊은 무렵 잔뜩 술에 취해 혀가 꼬부라진 목소리로 골짜기가 떠나가라 목청껏 유행가 나부랭이를 불러대며 암자로 올라왔다.

"누가 만든 길이냐아, 나아만이 가야 하는 슬픈 길이냐아……."

골짜기 아래에서부터 석전의 목소리가 들린다 싶자, 그놈의 행전인지 혹은 자기 자신인지를 비우느라 열흘 동안 어디에서 얼마나 몸과 마음을 상하게 했을까, 미리 걱정하고 있던 석우는 마당으로 들어서는 석전을 보는 순간 깜짝 놀라고 말았다. 온몸으로 풍기는 술 냄새며, 저잣거리에서 아무렇게나 몸을 굴린 행색이 역력한 땟국물 입성에도 불구하고, 장명등 불빛 아래 얼핏 내비친 석전의 눈빛은 석우로서는 처음 본다 싶게 깊고 푸른빛을 띠고 있었다. 바로 그렇게 깊고 푸른 눈빛으로 석전이 말했다.

"열흘 동안 죽어라고 술을 마셔댔더니 나중에는 술이 부처가 되고 부처가 다시 술이 되는 거야. 이런 경지를 일컬어 삼 년 공부 도로아미타불이라고 하겠지?"

자칫 독신(瀆神)에 가까운 석전의 말버릇에도 불구하고 석우로서는 오로지 깊고 푸른 눈빛만이 무슨 송곳처럼 가슴에 박히는 것이었다. 그렇게 눈빛을 가슴에 박으면서 석우는 석전이 무문관에서 3년 동안 소위 놀기만 했다는 말이 결코 가볍게 흘려들어서는 안 될 어떤 커다란 무게라는 것을 깨달을 수가 있었다. 석우의 예사롭지 않은 시선을 느꼈는지 석전이 빙긋, 웃으며 얼굴을 가까이 들이밀었다.

"왜, 내 얼굴에서 여자들 지분 냄새라도 나는 거야?"

석우는 결코 석전의 얼굴을 피하지 않으면서 고개를 크게 저어

보였다.

"아니요. 까짓 여자 냄새가 나면 어때요?"

"호오, 이거 웬일이야, 꽉 막힌 율사께서 그런 소리를 대수롭지 않게 하다니? 아무래도 내가 많이 취했나? 헛소리를 다 듣게."

놀란 표정을 짓고 있는 석전에게 석우는 마치 칼이라도 들이밀 듯이 단숨에 말했다.

"스님, 저도 노는 걸 배우고 싶어요."

"호오, 놀고 싶단 말이지?"

"예. 저에게도 노는 법을 가르쳐주세요."

"공부도 큰스님도 부처님도 심지어 자기 자신마저도 다 포기하고?"

"까짓것들이 대수예요? 다 버리면 되지요. 그렇지 않아도 힘들어서 버릴까 말까 하던 중이에요. 스님께서 함께 놀아주시기만 한다면 뭐든 버리겠어요."

"뒤에 덧붙인 말이 걸리지만, 좋아, 어쨌든 노는 법을 가르쳐주지."

다음 날 아침에 석우가 새벽 불공을 끝내고 석전의 방을 찾자, 석전은 엉뚱한 제의를 했다.

"이번 겨울에 우리 탁발(托鉢)이나 한번 해볼까?"

석전의 너무 엉뚱한 제의에 석우가 어쩔 수 없이 큰소리를 내었다.

"탁발이요?"

"그래, 탁발."

"그러니까, 저잣거리로 돌아다니면서 돈이며 식량을 구걸하는 탁발 말예요?"

"아이고, 잘 아시네. 바로 그 탁발."

"탁발이라면…… 우리 종문에서는 못하게 금지되어 있는데……."

석우가 말끝을 흐렸고, 이제 석전이 아예 드러내놓고 실실거렸다.

"에이, 구더기 무서워서 장 못 담그나. 종법대로 하자면 먹고 자고 똥 싸는 것이며 하물며 한 발짝 걸음발도 제대로 못 뗄 텐데, 그런 종법을 어떻게 지켜?"

어느 순간 석전은 표정을 바꾸어 눈에 진지한 빛을 띠었다.

"이왕 말이 나왔으니 말이지만, 우리 종문에서는 탁발을 너무 부정적으로만 여기지. 탁발을 구실삼아 돈을 버는 잡승들 때문에도 더 그렇겠지만, 탁발이란 그렇게 쉽게 넘길 경계가 아니야. 원래 탁발에는 세간에서 직접 공양을 얻어먹는다는 구걸행위뿐만이 아니라 반대로 세간의 가장 아래로 내려가서 세간의 모든 것을 껴안는다는 보시 행위도 있는 거야. 어떻게 보면 부처님 당대에 탁발이 없었으면 불교 자체가 없었을지도 몰라. 제대로 경계를 찾아들면 탁발이야말로 부처님의 말씀 없는 말씀이 모두 들어있는 종합경전인 셈인데."

석전의 말끝에 석우가 물었다.

"탁발도 노는 것 중의 하나인가요?"

"당연하지."

"그렇다면 하지요."

석전은 석우의 말이 끝나자마자 대뜸 자리에서 일어섰다.

"자, 쇠뿔도 단김에 빼랬다고, 당장 오늘부터 시작하자고."

석전이 소위 노는 법에 대해 본격적으로 운을 뗀 것은 읍내로 나가는 버스 안에서였다. 아무래도 큰 절 가까이에서 탁발을 하다가는 알게 모르게 여러 사람 입방아에 올라 공연스레 귀찮은 일이 벌어질지도 몰라, 될 수 있으면 큰 절에서 멀리 가기로 한 것이었다. 석우가 지난번에 내린 첫눈이 아직도 남아 있는 길가의 응달을 차창 밖으로 흘려보내고 있는데, 석전이 문득 생각이 났다는 듯이 심상하게 말했다.

"무문관에 들어간 지 한 해쯤 되었을 무렵일 거야. 큰스님이 내려주신 우리 선방의 화두 '이 뭣고?'를 들고 더 이상 씨름을 하는 것도 지겨워졌을 때지. '이 뭣고?' 앞에는 그저 아무것도 없는 광막한 잿빛 공간만 펼쳐져 있고, 그렇게 꽉 막힌 잿빛 공간에 갇혀 나는 살아 있는 것도 죽어 있는 것도 아닌 흡사 식물인간이라도 된 듯한 기분이었어. 그때 벼락처럼 이건 아니다, 라는 생각이 드는 거야. '이 뭣고?'는 어느새 죽은 화두가 되어버리고, 그 죽은 화두에 매달린 나는 산 것도 죽은 것도 아닌 식물인간이 되어버린 거지. 그래서 마침내 '이 뭣고?'를 버렸지. 그렇게 화두를 버리고 내가 뭐를 했을까?"

석전이 마치 석우의 눈 속 깊은 곳이라도 들여다보듯 눈길을 가까이 했고, 석우는 그런 눈길이 지나치는 풍경 속에 남아 있는 첫눈처럼 눈부신 느낌이어서 그만 고개를 돌렸다.

"그래서…… 놀았어요?"

"딩동댕, 정답."

"……."

"그야말로 놀았지. 돌이켜보니까, 새파랗게 머리를 깎은 십 년 동안 한 번도 놀아본 적이 없었어. 어디 머리를 깎고서 뿐이랴, 속가 나이 마흔이 다 되도록 평생에 단 한 번도 없었던 셈이지. 바깥 세상에서는 어디를 둘러보아도 나보다 위에 자리한 사람들에게 나를 맞추려고 허덕거렸고, 절에 들어와서는 부처를 저만큼 눈부신 자리에 올려놓고 거기에 오르려고 허덕거렸던 거지."

석전은 잠시 말을 중단한 채 질끈 눈을 감았다가 뜨더니 석우에게 다시 고개를 돌렸다.

"세상에, 단 한 번도 놀아본 적이 없다니! 그런 자신이 더 할 수 없이 어리석고, 어리석은 그만큼 분하더군. 나라는 자는 그동안 욕심, 욕심뿐이었어. 그중에서도 가장 추악한 욕심이 뭔 줄 알아?"

"……?"

"공부, 바로 공부에 대한 욕심이었어. 이를테면 있는 그대로의 나를 단 한 번도 인정하지 못한 채 나로부터 도망치기에 바빴을 뿐이지. 그게 바로 나의 공부였어. 화두도 욕심, 염불도 욕심, 참선도 욕심, 부처도 욕심, 그렇게 욕심이 앞서니 눈앞에 사물들이 제대로 보일 리가 있나. 그래서 맨 먼저 공부를 집어치운 채 그야말로 작정을 하고 놀았지. 지금까지의 욕심이란 욕심은 죄다 방기(放棄)해버리고, 그야말로 하고자 하는 어떤 의지 하나 없이 텅텅 비운 채 놀았지. 그렇게 놀지 않으면 지금까지 살아온 내가 불쌍해서 금방이라도 죽을 것만 같은 마음이었어. 모든 걸 방기해버리고 애오라지 놀다 보니까 뭐가 맨 먼저 찾아온 줄 알아? 바로 내가 지금까지 한 번도 인정하지 못했던, 어쩌다가 꿈속에서라도 그게 보이면 놀라서 도망쳤던 내 삶이었어. 어쩌면 내가 머리를 깎고 중이 된 것도 바로 내 삶에서 도망치기 위해서였는지도 몰라. 그런데 바로 그런 내 삶이 찾아온 거야."

무슨 봇물이라도 터지듯 단숨에 말을 쏟아내던 석전이 잠깐 숨을 고른 다음에 쐐기라도 박듯이 단호한 어조가 되었다.

"지금 생각해보면 내 삶 자체가 바로 진정한 화두였어. 가장 가깝고 가장 크고 가장 신비하고 가장 싱싱하게 살아서 숨 쉬는 화두였는데, 그런 화두를 사십 년이나 지나도록 까마득히 모르고 지나쳤던 거지."

한동안 석전이 침묵을 지켰고, 무심코 차창 밖에 지나치는 풍경을 흘려보내고 있던 석우가 어느 순간 흠칫, 몸을 떨었다. 차창에 비친 석전의 얼굴에 언제부터인지 두 줄기 눈물이 흘러내리고 있는 것이었다. 그렇게 소리 없이 눈물을 흘리며 석전이 다시 말을 이었다.

"놀자리를 마련해 놓으니까, 맨 처음에 나에게 와서 논 것은 서너 살쯤 되는 어린아이였어. 어린아이의 어렴풋한 배경으로는 어느 날 느닷없이 살인자가 된 피투성이 아버지와 그런 아버지를 헤아리다 못해 끝내 정신을 놓은 미친년이 되어 어디론가 사라져버린 어머니, 그리고 길거리에 팽개쳐져 뿔뿔이 흩어진 형이며 누이들이 있었지. 바로 그 어린아이가 와서 노는 거야. 아이가 어떻게 하고 노느냐고? 굶주린 배를 붙들고 어느 시장 뒷골목에서 떡을 훔쳐먹기도 하고, 어느 역 앞에서는 술에 취해 쓰러진 취객의 호주머니를 뒤져 돈을 훔쳐내기도 하고, 또 어느 길거리에서는 또래의 다른 아이들에게 싸인 채 죽도록 얻어맞기도 하고, 그러다가 누군가의 손길에 끌려 고아원이라는 데로 끌려가기도 하고…… 그렇게 어린아이가 나에게 와서 놀았지."

석우는 어쩔 수 없이 어떤 외경 속에서 일말의 두려움마저 느끼면서 석전의 말을 되새김질하고 있었다. 단 한 번도 자기 자신과 놀아본 적이 없던 어린아이를 놀자리에 와서 비로소 여유롭게 놀게 한다. 어느 누구의 눈치도 보지 않고, 어떤 죄의식도 없이 마음껏 훔쳐 먹고, 마음껏 돈지갑을 뒤지면서, 마음껏 웃고 울면서 자기 자신과 놀게 하는 것이 바로 석전의 노는 법이었다. 그래, 놀아라, 아이야, 여기서는 뭐든지 허용이 된다. 아버지처럼 누군가를 죽이고 싶으면 죽여라. 미쳐서 어딘가를 헤매고 있을지 모를 어머니도 만나라. 형도 만나고 누이들도 만나라.

"놀자리에서 어린아이가 커서 청년이 되고, 태어나서 처음으로 누군가를 사랑하는 법을 배우고, 그 사랑의 감정을 배신당하고, 여전히 밑바닥을 헤매면서 젊은 날을 보내고, 마침내 입산하기까지 삶을 다시 한 번 살아낸 셈이지. 애오라지 노는 것으로 일관하면서."

석전이 아직도 무언가 미진한 듯 말끝을 덧붙이자, 어느 순간 석우가 두 눈을 화등잔처럼 크게 뜨면서 큰소리를 냈다.

"스님, 그 어린아이가 부처님이에요."

"부처님?"

석전이 난데없이 무슨 뚱딴지같은 소리냐는 표정이 되었고,

"어린아이가 놀고 있던 자리는 불국토(佛國土)구요."

석우가 여전히 큰소리를 냈다.

"어린아이가 부처님이 아니라면 도대체 누가 부처님이겠어요? 어린아이가 놀고 있는 자리가 불국토가 아니라면 도대체 어디가 불국토이겠어요?"

석우의 목소리가 커지자 버스 안의 승객들이 무슨 일인가 싶어 그들을 돌아보는 것이었다. 석전이 눈이라도 부신 듯 슬며시 석우를 외면했다. 그리고 벌떡 자리에서 일어서며 앞을 향해 외쳤다.

"어어, 우리가 내릴 곳을 지나쳐버렸어. 기사 아저씨, 우리 좀 내려줘요."

탁발 托鉢

서해안 특유의 젖무덤을 엎어놓은 듯 뭉실뭉실 낮은 구릉(丘陵)들은 모처럼 내린 함박눈에 덮여 온통 눈 세상을 이루고 있었다. 대낮에도 어둑시근한 방풍림을 한동안 헤매다 빠져나온 끝에 맞이하는 개활지의 드넓은 눈 세상은 솜씨 좋은 화가가 빚어낸 한 폭의 고아한 수묵화처럼 시야에 가득히 펼쳐져 왔다.

"아아, 그야말로 적멸이로구나, 나무관세음."

사형되는 석전(釋田)의 다소 과장된 탄성이 들려왔고, 저만치 앞서 걷던 석우(釋宇)가 얼핏 눈살을 찌푸렸다. 석전은 이번에는 과장된 몸짓으로 합장을 한 채 연신 고개까지 주억거렸다.

"눈님이 이루신 찰나의 화엄이여, 눈물겹도다."

석우는 석전이 합장하는 화엄의 한 곳, 구릉의 자락 끝에 있는 듯 없는 듯 눈 속에 숨어 있는 시골 마을의 낮은 지붕들에 눈길을 주었다. 그러자 어느새 귓가에 이명처럼 석전의 신음이 들려오는 것이었다.

"아퍼, 온몸이, 너무 아퍼."

해종일 낯선 마을들을 헤매다가 밤이 이슥하여 절에 돌아오면, 석전은 쌀이 그득한 바랑을 벗어 마루에 던지자마자 그 자리에 허물어지며 신음 소리를 내고는 했다.

"아퍼, 날을 잘 벼린 칼이 온몸을 여기저기 푹푹 쑤시고 다니는 것 같아. 그렇게 쑤시고 다니면서 종내는 살이란 살을 죄다 저며 내는 거지."

처음에는 석전의 통증을 석우는 무거운 바랑을 짊어지고 다닌 끝에 오는 몸살 정도로 여기고 가벼운 농까지 던졌다.

"아프기는 저도 마찬가지예요. 온몸이 삭은 걸레라도 된 것처럼 폭삭 내려앉기 직전인 걸요."

석우의 말에 석전은 피식, 코웃음으로 받아넘겼다. 그러나 그렇듯 신음 소리를 내며 허물어지는 석전의 통증이 몸살 따위가 아니었다. 석우로서는 결코 넘볼 수 없는 보다 깊은 어떤 경계에 원인이 있다는 것을 깨닫기에는 그리 오랜 시간이 걸리지 않았다.

지난겨울 내내 석우가 석전을 따라 훑고 다닌 시골 마을들은 눈 세상의 고아한 수묵화나 찰나의 화엄과는 달리 아프게 눈에 밟히는 것들 투성이었다. 사람의 기척이라고는 없이 흡사 무덤 속처럼 괴괴한 마을로 들어서면 두 집 건너 한 집꼴로 어디에서나 곧잘 눈에 띄는 빈집들, 어쩌다가 열리는 대문의 저편으로는 한쪽 발은 이미 저승길에 들여놓은 것 같은 노파들의 의심암귀의 눈길,

뛰어노는 아이들의 그림자 하나 들리지 않는 섬뜩한 골목, 그리고 그런 빈 골목을 제 세상인 듯 가득히 채우면서 휘몰려오는 눈보라…… 둘은 해종일 마을들을 전전하며 집집마다 대문 앞에서 염불해댔다.

그런 마을과 마을, 대문과 대문 중에서도 절반쯤 뜯겨나간 어느 허름한 대문 앞에서였던가, 석우가 천수경을 다 읊도록 기척이 없는 집 안에 문득 의심이 들어 대문 안을 기웃거리다가 염불을 중단한 채 석전에게 말을 건넸다.

"아무래도 빈집 같아요."

석우의 말에는 아랑곳없이 석전은 애오라지 목탁을 두드리기에 여념이 없었다. 석우는 석전의 그런 열중이 우스워서 무심코 킥, 웃음소리를 냈다. 술 담배는 물론이며 여자까지도 밝힌다는 소문이 자자한 가운데 땡중으로 호가 나 이미 큰스님의 눈밖에 저만큼 벗어난 채, 큰 절이나 암자에서 석전은 단 한 번이라도 대웅전의 부처님께 염불이며 불공을 드린 적이 있었던가.

"스님, 빈집이라고요."

말하는 순간, 석우는 석전이 자신의 말을 전혀 알아듣지 못하고 있다는 것을 알았다. 도대체 이 빈집의 무엇이 사형으로 하여금 미처 자신의 말도 알아듣지 못할 정도로 몰입하게 하는 것일까. 석우가 그렇게 힐끗, 석전의 얼굴을 보았을 때였다. 왼손으로 목탁을 잡고 오른손으로 열심히 두드려대는 석전의 눈길은 반쯤 뜯겨나간 대문 안에 전혀 초점이 없이 고정되어 있었는데, 바로 그 눈길에서 기이하게도 시리도록 성성한 빛이 뿜어져 나오는 느낌이었다. 모르기는 해도 석전은 자신이 지금 어디에서 무엇을 하고 있는지도 까마득히 잊어버렸을 터였다.

석우는 자신으로서는 전혀 헤아릴 길이 없는 아득한 경계를 석전이 혼신을 다하여 헤매고 있는 것을 깨달을 수가 있었다. 손길은 목탁을 두드리고 있으나 목탁이 아닌 다른 경계를 두드리고, 초점이 없는 눈길은 분명히 빈집 안의 스산한 풍경에 가 있되 빈집이 아닌 다른 경계를 넘나드는 중이었다.

'아아, 거기가 어디인가.'

석우는 석전에게서 눈길을 돌려 다시 천수경을 외기 시작했다. 그런 석우의 천수경은 결코 빈집이 아닌, 바로 석전이 혼신을 다해 다다른 어떤 경계를 향한 것이었다.

'이것이었어. 사형이 토굴에서 삼 년간의 용맹정진하고 나오자마자 또다시 술을 마시고 여자를 탐하는 파계승으로 돌아가도, 그렇게 온갖 악행을 다 해도 나로서는 도무지 흉내 낼 수 없는 무슨 깊은 경계로 여겨졌던 것은.'

석전이 온몸의 통증을 호소한 것은 바로 그날 밤이었다. 절에 돌아오자마자 마루에 바랑을 벗어던지며 그 자리에 허물어지더니 다시 일어나지를 못했다.

"방까지, 니, 좀, 부축해줘……."

석전이 가까스로 석우에게 손짓을 해보였고, 석우는 잠자코 석전의 겨드랑이를 껴안았다. 어떻게 보면 몸살이 날만도 했다. 외부의 빛은 물론 소리 하나 들리지 않는 철벽 같은 토굴 속에서 삼 년간의 용맹정진에 체력이 바닥이 났을 터인데도, 밖으로 나오자마자 이렇다하게 몸을 추스릴 사이도 없이 술이며 저잣거리의 쾌락에 찌들더니 이어 무리하게 탁발에 나선 것이었다.

석전은 다음 날도 종일토록 자리에서 일어나지 못한 채 신음 소리를 내더니 사흘째가 되자 가까스로 몸을 일으켰다. 그리고는 근심어린 표정으로 지켜보고 있는 석우를 향해 다소 민망한 듯 씨익, 웃어보이는 것이었다.

“탁발이 이렇게 무서운 분인 줄 미처 몰랐어.”

무슨 말인지, 석우가 눈으로 묻자, 석전은 이내 눈길을 돌렸다.

“어쩐지 공연이 긁어 부스럼 만든 것 같아. 아니, 너무 쉽게 여겼나. 이렇게 무서운 분인 줄 알았으면 아예 건들지도 않았을 걸.”

그러나 석전은 말이 끝나기 무섭게 끄응, 기지개를 켜며 몸을 일으키더니 석우를 바라보았다.

“자, 일어났으니 오늘도 탁발에 나서야지?”

“그렇게도 좋으세요?”

석우가 아직도 뭉실뭉실 낮은 구릉 저편의 고아한 수묵화 세상에 먼 눈길을 보내고 있는 석전에게 마치 시비라도 걸 듯한 투로 물었고, 석전은 무심코 받았다.

“뭐가?”

“눈님이 이룬 찰나의 화엄 세상이요.”

“좋다마다. 나처럼 가엾은 중생에게 내리는 관세음의 손길 같은 걸."

"저는 저 속에 언제 터질지 모를 무슨 폭탄이라도 숨어 있는 것처럼 조마조마하기만 한 걸요."

"호오, 폭탄이라구?"

폭탄이라는 말에 석전이 비로소 눈길을 돌려 석우를 돌아보았다.

"스님을 따라 탁발에 나서면서부터는 모든 사물이 뭐가 뭔지 혼란스럽다 못해 제 눈마저 믿을 수가 없게 되어버렸어요. 지금 내가 보는 어느 것이 사물의 진짜 모습이고, 어느 것이 내가 만들어낸 가짜 모습인지 구별조차 안 되는 거예요. 선하고 악하고, 옳고 그르고, 아름답고 추하고, 모든 사물에서 그런 것들이 사라져버렸어요. 저에겐 그게 폭탄이에요."

석우는 기어코 가슴 깊은 곳에 들어있던 것을 드러내고야 말았다. 그러면서도 가슴 저 밑바닥에 있는 마지막 남은 것들은 끝내 드러내지 못하고 말았다. 나에게는 그저 평범한 풍경마저도 사형에게는 살을 저며내는 고통이 되는가 하면 오늘은 또 화엄 세상이 된다. 나로서는 도무지 흉내조차 내볼 수 없는 사형의 저런 경계는 도대체 어디까지 이른 것인가.

"석우 스님은 좋은 폭탄을 가졌군."

"좋은 폭탄이라고요?"

"기다리다 보면 언젠가는 그 폭탄이 터질 때가 오지 않을까?"

석전은 무슨 선문답 같은 말을 끝으로 다시 석우에게서 눈길을 돌려버렸다.

사흘을 앓은 끝에 다시 벼랑을 메고 산문을 나서자마자 석전은 잠자코 석우를 돌아보았다. 그리고 석우로서는 여태껏 조심스러워서 운조차 떼지 못하고 있던 어떤 경계에 대해 비로소 입을 열었다.

"처음에는 나도 뭔지 잘 몰랐어. 긴가민가 헷갈렸으니까. 그런데 내처 앓다 보니까 비로소 조금 보이더군."

석전은 무언가 마음이 쓰이는 듯 고개를 갸웃거려 보이더니 다시 입을 열었다.

"대문이 절반쯤 떨어져 나간 그 집 말이야. 석우 스님 천수경에 따라 목탁을 치고 있는데, 어느 순간에 그만 내가 사라져버리는 거야."

"스님이 사라져요?"

"목탁을 치는 나는 사라지고, 대신에 또 다른 내가 쑤욱 그 집으로 들어가더니 이번에는 그 집 안뜰에 가득히 깔리는 거야. 아니 내가 그대로 안뜰이 되는 거지. 그렇게 안뜰이 되는가 하자, 이번에는 안뜰을 가득 메운 검불이며, 시든 잡초의 대궁들, 찌그러진 양은냄비, 찢어진 검정 고무신 한 짝, 이런 것들이 되는 거지. 정말이야. 바람에 이리저리 날리는 검불의 가벼움이 그대로 느껴지고, 금방이라도 부서져 내릴 것 같은 대궁이들의 바짝 마른 몸피가 느껴지고, 양은냄비의 찌그러진 홈에 낀 검댕이가 느껴지고, 고무신 짝의 삭아내린 자취가 느껴지는 거야. 처음에는 나도 이게 무슨 백일몽인가 싶었지. 대낮에 멀쩡한 정신으로 꾸는 꿈같은 거 말야."

"참선할 때 오는 삼매의 경계 같은 것인가요?"

석우의 조심스러운 질문에 석전이 고개를 외로 틀었다.

"아니, 전혀 달라. 삼 년간의 시한을 정하고 토굴에 들었을 때 선정에 들면 삼매 따위는 자주 왔었어. 결가부좌를 하고 앉아있다 보면, 잠깐 사이에 서너 시간은 훌쩍 지나곤 했으니까. 어느 때는 해가 지는 무렵인가 싶어 결가부좌를 하고 앉았는데, 잠깐 사이 눈을 떠보면 아침이기도 했지. 거의 날마다 그런 일이 계속되었어. 그러다 보니까 기실 뭔가 경계가 보이기도 했지. 날이 갈수록 한없이 깊어지고 깊어지다가 마침내 시간이며 공간마저 사라져버리면, 그리하여 까마득한 무의식만이 남게 되면, 바로 그 무의식의 밑바닥 언저리에 나로서는 무엇인지 도무지 가늠은 안 되지만 나이면서도 내가 아닌 그 어떤 것이, 이를테면 내가 지닌 어떤 신비한 경계가 느껴지는 거지."

말끝에 석전은 아아, 짧게 경탄을 했다.

"아아, 그때는 그게 경계의 끝인 줄 알았어. 부끄러운 고백이지만 나는 그때 정말로 내가 부처를 이룬 줄 알았어. 결가부좌만 하고 앉아있으면 그대로 나는 훌쩍 부처가 되어, 입가에 마냥 웃음이 떠날 줄 몰랐지. 세상에 이게 극락이 아니고 무엇이랴. 내가 나의 모두를 다 보아 넘기고 마침내 시간이며 공간에서도 자유로워졌는데, 나에게 더 이상 무슨 번뇌가 있으랴. 그렇게 어리석었어. 어리석고 또 어리석었지만, 한편으로는 그렇게 어리석었을 때가 참 그립기도 해. 모든 것이 그저 마냥 좋기만 했으니까. 심지어 화장실에 앉아있다 보면 내가 누고 있는 똥이며 오줌까지도 좋은 거야. 어디 좋기만 할까. 똥오줌까지도 아름답고 황홀하고 거룩한 거야. 이를테면 똥오줌까지도 그대로 부처인 거지. 히히힛."

석전은 아직도 환한 웃음이 묻어있는 얼굴을 석우에게 바짝 들이댔다.

"생각하니까, 그때 즐거움에 빠져 부처 흉내를 냈던 벌을 지금 받는 건가? 하긴 그 지경까지 갔으면 이제 당연히 그 벌을 받아야지."

"그 벌이 소위 칼로 살을 저며내는 것 같은 육체적 통증으로 온 건가요?"

"글쎄, 벌도 벌이지만 아무래도 탁발을 너무 쉽게 여겼나 봐. 정작 저 빈집의 안뜰이 되어 누워보니 가볍게만 여겼던 검불도 그대로 검불이 아닌 거지. 나 같은 땡중은 도무지 감당할 수 없는 천근의 무게가 되어 나를 짓누르고, 오래 주인을 잃은 검정 고무신 한 짝은 삭아내린 시간만큼 잘 벼린 칼날이 되어 나를 저며대고, 찌그러진 양은냄비는 깊어진 홈만큼 나를 짓뭉개는 거야. 저 하찮아 보이는 검불이며 잡초 대궁이며 검정 고무신이며 양은냄비마저도 결국 보이지 않는 업장(業障)의 결과물일 터인데, 나는 그것조차 모르고 얼씨구나, 덤벼들었던 거지. 그러니 당할 수밖에. 아아, 나 같이 부처를 시늉만 낸 자가 무슨 힘으로 저 빈집의 업장을 감당할 수 있으랴."

석우가 기다렸다는 듯이 석전의 말끝을 물고 늘어졌다.

"그게 소위 사형께서 말씀하신 보시라는 거였군요."

"보시?"

"예, 탁발은 걸식도 있지만, 보시도 있다던 그 보시말예요."

석전이 석우에게 맨 처음 탁발에 대해 운을 뗀 것은 지난 입동 무렵이었다. 토굴에서 나오자마자 석전은 주위의 기대와는 달리 대뜸 옛날의 땡중으로 돌아가 절에서 하지 말라는 짓만 골라서 온갖 악행을 일삼았다. 그러다가 그런 악행마저 지쳤던지 어느 날 그야말로 심심해서 죽겠다는 표정으로 석우에게 은근히 탁발을 권한 것이었다.

"석우 스님, 우리 탁발이나 할까."

"탁발이라면 저잣거리를 돌아다니며 돈을 구걸하는 그런 탁발 말예요?"

"응, 그런 탁발."

"탁발은 우리 종문에서는 가장 금기하는 거 아닌가요?"

"그러니까 더 해보고 싶어."

"스님, 그러지 말고 용돈이 없다면 차라리 제가 드릴게요."

"에이, 싫어. 석우 스님 돈은 술맛이 안 나."

석전은 대꾸는 그렇게 하면서도 은근슬쩍 속내를 드러냈다.

"원래 탁발에는 세간에서 직접 공양을 얻어먹는다는 걸식 행위뿐만이 아니라 반대로 세간의 가장 아래로 내려가 모든 것을 껴안는다는 보시 행위도 있는 거야."

석우가 결국 석전의 유혹에 넘어간 것은 탁발이 보시 행위라는 속내에 끌렸기 때문이기도 했지만, 무엇보다도 비구계를 받고 오

년 남짓 된 자신의 수행에 대한 강한 의구심 때문이었다. 언제부터인가 행자 시절의 초발심은 사라져버리고 염불이며, 율법이며, 참선이며, 하다못해 번뇌마저 모조리 형식에 사로잡혀 버렸다. 아아, 단 한 번이라도 혼신을 다해 무언가를 껴안은 적이 있으랴. 모든 것이 잘못되었다. 수행자로서의 나는 살아있으되, 단 한 순간도 살아있지 않은 중음신이 되어 시간과 공간 속에 떠돌아다닐 뿐이다.

"자, 눈님이 지으신 화엄 세상은 끝났습니다. 이제 폭탄 속으로 석전떡 빚으러 갑시다. 나무관세음."

석우가 석전의 과장된 어투를 흉내 내며 턱으로 개활지 건너편 구릉의 자락 끝에 있는 마을을 가리켰고, 석전이 작은 눈을 크게 만들어보였다.

"호오, 석전떡? 그게 뭔데?"

"벌써 잊으셨어요?"

석전의 권유대로 탁발에 나서기로 하면서 석우는 정색을 하고 석전에게 다짐을 했다.

"까짓것, 좋아요. 우리 탁발해요. 대신에 저도 스님께 한 가지 부탁이 있어요."

"응, 뭐든지."

"돈은 절대로 안 돼요. 쌀만 받기로 해요."

석우의 부탁에 석전은 잠깐 이맛살을 찌푸리더니 물었다.

"돈하고 쌀은 어떻게 다른데?"

석우는 여전히 정색을 한 채 강하게 고개를 저어보였다.

"어떻게 다른지는 몰라요. 하지만 절대로 돈은 안 돼요."

"좋아, 석우 스님 뜻대로 해. 탁발에 구태여 돈이고 쌀을 가리는 게 비위에 걸리지만, 까짓것 또 달리 헤아리면, 돈이면 어떻고 쌀이면 어떠랴."

"저기 장독대에 있는 커다란 독항아리를 볼 때마다 저걸 어떻게 써먹나, 항상 마음 쓰였는데, 잘 되었네요. 내년 초파일까지 저 독항아리를 다 채워서, 그걸로 떡을 빚고 밥을 지어 초파일 공양에 올리겠어요. 그 떡 이름이 뭔지 아세요?"

"호오, 떡에도 이름이 있어?"

"당연히요."

"뭔데?"

"석전떡."

석우의 대답에 석전은 껄껄 웃더니, 대뜸 주먹으로 알밤을 먹이는 흉내를 냈다.

"에구, 꽉 막힌 맹꽁이 스님이라니. 탁발에 고작해야 그런 따위나 생각하다니."

"참, 그 독항아리 이제 얼마나 찼지?"

석전은 개활지의 눈이 제법 쌓여 신발을 덮는 농로를 따라 휘청휘청 걸음을 옮기다 말고 새삼스러운 눈길로 석우를 돌아보았다.

"절반쯤 찼어요."

"벌써 그렇게 되었나? 탁발을 시작한 게 엊그제 같은데……."

"벌써가 뭐예요? 어느새 두 달이 훌쩍 지나갔는데요."

"그런가?"

석전이 뭔가 감회가 어린 투로 낮은 목소리를 냈고, 석우도 가만히 고개를 끄덕였다. 입동 무렵이었던가, 첫눈이 내린 지 얼마 되지 않아 탁발을 시작하여 한겨울이 되었으니, 겨울이 깊어진 만큼 탁발도 깊어진 것이었다.

석전을 따라 탁발하러 다닌 지 얼마 되지 않아 석우는 석전이 왜 자신에게 탁발을 권했는지 이유를 알 수 있을 것 같았다. 석전은 나름대로 석우가 빠져있는 수행의 어떤 어리석음을 바로 탁발을 통해서 깨닫게 하고 싶었는지도 몰랐다. 이를테면 석전은 어떤 경계에 도달했다 싶으면 바로 그 경계를 버리는 자기부정을 통해서 한 단계 한 단계 더욱 깊어지는 식인데 반해, 석우는 자신이 다다른 어떤 경계에 대하여 제대로 버리는 법을 몰랐을 터였다. 그런 식이다 보니 자신도 미처 깨닫지 못하는 사이에 형식 따위에 빠져 정작 소중한 알맹이를 놓쳐버리게 된 것이었다.

그런데 탁발에서 얻은 쌀을 독항아리에 붓기 시작하여 밑바닥에서부처 차츰 항아리가 차오르는 것을 볼 때마다 석우는 기이하게도 수행자로서의 자신의 내면에도 그만큼 소중한 알맹이가 차오르는 느낌이었다. 무엇을 해도 모조리 형식에 사로잡힌 채, 단 한 순간도 살아있지 않은 중음신 같은 텅 빈 내면에 알 수 없는 알맹이들이 차오르는 것이었다. 그렇게 차오르는 알맹이들이 흔히 말하는 공력인가 싶기도 했지만, 그러나 구체적으로 무엇을 이루는 것인지는 헤아릴 수가 없었다.

둘이서 개활지의 논밭을 가로지르자 구릉 한편에 있던 마을이 제 모습을 드러냈다. 마을은 아마 면 소재지라도 된 듯 제법 큰 소읍을 이루고 있었는데, 거리 한쪽에 있는 장터에는 난전이 벌어져서 여기저기 적잖은 장꾼들이 웅성거리고 있었다. 석전이 흥분한 기색으로 석우를 돌아보았다.

"이거, 가는 날이 장날이라더니 혹시 장날 아냐?"

"그런 것 같아요."

석전은 기지개를 켜듯이 두 팔을 번쩍 들어 올리더니 이내 이리저리 코를 벌름거렸다.

"큼큼, 좋다, 이게 바로 사람 사는 냄새라는 거겠지."

석전의 모습이 아주 천진스러워서였을까, 석우 또한 흥분에 가볍게 전염되는 기분이었다. 하기는 좀처럼 사람의 그림자조차 만나기 어려운 시골 마을만 돌아다니다가 들어선 소읍의 풍경은 그 자체로 어딘가 모르게 기분을 들뜨게 하기에 충분하였다. 돌이켜 보면 어차피 쌀만 받기로 작정하고 탁발에 나선 겨우내, 쌀 대신 돈을 내미는 이런 소읍 거리에는 거의 들러본 적이 없었을 터였다.

"사람 사는 냄새가 그리도 좋으세요?"

"좋아, 좋구말구."

"사람 냄새라는 게 이차피 번뇌며 망상이 아닌가요?"

"번뇌와 망상이 어때서? 그것들이야말로 중생을 먹여 살리는 부처님의 피와 살인걸."

'부처님의 피와 살이라, 석우는 별다른 뜻도 없이 입속에서 가만히 석전의 말을 되뇌었다. 그러자 어느 순간 그 말이 가슴 저 깊은 곳을 찌르르, 무슨 통증처럼 관통해오는 것이었다. 그렇게 가슴 저 깊은 곳을 찌르르, 관통하는 통증과 함께, 두 눈이 번쩍 뜨이는 느낌이었다. 그래, 바로 저것이었어. 탁발하러 다니는 두 달 동안에 텅 빈 것 같은 내면에 무슨 소중한 알맹이처럼 차오르는 것들은 바로 사람 냄새였어. 내가 단 한 번도 인정하지 못했던 나 자신의 사람 냄새. 그리하여 고작해야 번뇌나 망상으로만 치부해버렸던 사람 냄새. 그 사람 냄새를 아니 번뇌와 망상을 사형은 탁발하는 동안에 나에게 부처님의 피와 살로 여기는 법을 가르쳐주고 싶었던 거야.'

"우리 진짜 탁발 한번 할까?"

석우가 잠시 상념에 빠져있는 사이에 석전이 불현듯 무슨 장난기라도 발동한 듯이 두 눈을 반짝 빛내 보였다.

"아니. 탁발에도 진짜, 가짜가 있어요?"

"응, 있지. 부처님 당대에 행했던 진짜 탁발이 있지."

석우는 혹하는 마음이면서도 한편으로는 어쩔 수 없이 경계하는 눈빛이 되었고, 석전이 그런 석우에게 피식, 코웃음을 웃어 보였다.

"자, 가자, 점심공양을 걸렀더니 무엇보다도 배가 등가죽에 붙었어."

석전이 여전히 장난기 가득한 눈빛을 반짝이며 장터 쪽으로 석우의 소매를 잡아끌었고, 석우는 끌려가면서도 또 무슨 엉뚱한 짓을 하랴 싶어 불안한 마음을 감출 수가 없었다. 석전은 석우에 앞장서서 난전들 사이로 장터를 휘돌더니 이윽고 간판도 없는 허름한 식당 앞에서 멈추어 섰다.

"부처님 당대의 탁발은 애오라지 한 끼 음식이었어. 사문(沙門)들이 저마다 지닌 거라고는 입은 옷 외에는 한 끼 음식을 담는 발우가 전부였으니까. 아무리 호화로운 음식이라도 한 끼가 지나면 더 이상 남겨두지도 않았지. 대신에 육류며, 생선이며, 밥이며, 빵이며, 우유며, 야채며…… 음식이라고 만들어진 것은 모두 다 받았지. 육류며, 생선이며, 향신채 따위를 가려서 음식에 호불호를 가린 것은 불교가 대승으로 넘어오면서부터야. 어느 것이 옳으냐 그르냐를 떠나서 부처님 당대의 탁발은 한 끼 음식이라면 대중이 주는 것은 무엇이든 거부하지 않았다는 거야."

석전은 바랑에서 목탁을 꺼내 들더니 석우를 돌아보았다.

"자, 그럼 진짜 탁발을 시작해볼까?"

석전이 목탁을 치고 석우가 천수경을 외우기 시작한 지 얼마 지나지 않아 닫혀 있던 식당의 밀창문이 드르륵, 열렸다. 그리고 서른 후반쯤으로 보이는 아낙네가 무심한 표정으로 석우에게 천 원짜리 한 장을 내밀었다. 그러자 미처 석우가 나서기도 전에 석전이 아낙네를 향해 고개를 저어보였다.

"시주님, 죄송하지만 돈은 받지 않습니다. 나무관세음보살……."

"……?"

"대신에 점심때 팔고 남은 밥은 없는지요?"

"밥이요?"

"예, 밥입니다. 시골 마을을 돌다 보니 그만 공양 때를 놓쳤지 뭡니까?"

넉살 좋은 석전의 말에 병색이라도 드리운 듯 얼굴에 그늘이 진 아낙네는 잠시 아래위로 행색을 살피는 눈치더니 이윽고 선선하게 밀창문에서 비켜섰다.

"들어오세요."

"아이쿠, 시주님, 우리 절집의 부처님들께 복 많이 받으실 겁니다. 나무관세음보살……."

점심때가 지나서인지 좁은 식당 안에 자리 잡은 네댓 개의 식탁은 손님이 없이 모두 비어있었다. 아낙네는 둘에게 자리를 권하고 식당 한쪽의 주방으로 가다 말고 문득 석전을 돌아보았다.

"많이 시장하세요?"

"예, 염치없지만, 시장합니다."

"어쩌나, 조금 기다리셔야 하는데."

"혹시 밥이 없는 것은 아닙니까?"

"밥이 없으면 어쩌시려고요?"

"남는 밥이 없어서 새로 지어야 한다면 마땅히 다른 집으로 가야지요. 밥값을 드리는 것도 아니고 그저 빌어먹는 건데 굳이 폐를 끼친 데서야 말이 안 됩니다."

"밥은 있는데, 스님들 드실 찬이 마땅찮아서…… 비린 것들도 비린 것이지만 마늘이며, 파가 안 들어간 찬이 없어서……."

아낙네가 말끝을 흐렸고, 석전이 쯧쯧, 아예 드러내놓고 혀를 찼다.

"시주님, 제가 비록 승복은 걸쳤지만, 하는 짓은 저잣거리 왈짜들보다 더 지저분한 그야말로 땡중올시다. 다른 분들이 먹다 남긴 것만 주신다고 해도 저로서는 그저 감지덕지할 뿐이지요. 정하고 안 정한 것에 신경 쓰지 마시고 찬밥에 김치 쪼가리 하나면 됩니다. 거기에 팔다 남은 고깃국이라도 있다면 금상첨화요."

아낙네가 힐끗 석전에게 일별을 보내더니 이내 눈꼬리에 웃음을 매달았다.

"스님이 화통하신 걸 보니 정말로 땡중이신가 봐."

"아암, 땡중이다마다요."

아낙네는 한동안 주방에서 꼼지락거리며 상을 차리는 눈치더니, 어느 순간 아아, 아아아, 어지러운 신음 소리를 냈다. 무슨 일인가 싶어 둘이 돌아보자 아낙네는 삽시간에 얼굴이 잿빛이 되어 양념이 묻은 손등으로 이마를 짚은 채 금방이라도 쓰러질 듯 비틀거리는 것이었다. 아낙네는 비틀거리는 걸음으로 주방에 붙은 골방문을 열고 들어가더니 무슨 애벌레처럼 한껏 등을 구부린 채 방바닥에 쓰러졌다. 그리고 이내 두 손으로 머리통을 감싸 안고 고통스럽게 이리저리 방바닥을 뒹굴었다.

"저 시주님, 어디가 많이 편찮은 모양인데, 괜찮을까요?"

석우가 두 눈이 휘둥그레진 채 물었고, 석전이 불현듯 크게 한

숨을 쉬었다.

"글쎄, 좀 더 두고 보지."

석전은 무슨 난제에라도 접한 듯 평소와는 다르게 신중한 표정이 되어 한동안 이마를 찡그리고 있더니 이윽고 표정을 바꾸어 석우를 향해 피식, 싱거운 웃음을 웃어 보였다.

"어쩌면 우리가 오늘 가장 비싼 공양을 받는지도 몰라."

석전이 잠자코 자리에서 일어서더니 아낙네가 뒹굴고 있는 골방으로 들어갔다. 그리고 아낙네 앞에 결가부좌를 하고 앉더니 지긋한 눈으로 아낙네를 응시하는 것이었다. 그렇게 얼마나 지났을까, 힐끗 석전을 훔쳐보는 순간, 석우는 석전의 눈길이 저 빈집에서처럼 초점이 없이 아낙네에게 고정된 것을 알 수가 있었다. 그리고 그 눈길에서는 여전히 시리도록 성성한 빛이 뿜어져 나오는 것도. 그런 석전은 어느새 얼굴이 붉게 상기된 채 이마에 진땀이 맺히고 있었다. 모르기는 해도 석전은 또다시 혼신을 다하여 어딘가 아득한 경계를 헤매고 있을 터였다.

아낙네가 몸을 추스르고 일어서는 순간에야 석전은 예의 아득한 경계에서 다시 현실로 돌아왔다. 그리고 아낙네가 뭔가 미심쩍은 눈빛으로 석전의 기색을 살피자 어느새 장난기 가득한 눈길이 되어 아낙네의 눈빛을 맞받는 것이었다.

"왜, 이 땡중한테 갑자기 없던 색정이라도 생기우?"

정말로 땡중 같은 석전의 말투에 아낙네는 정말로 얼굴이 붉게 상기되면서 석전의 눈길을 피했다.

"그게 아니고, 뭔지 잘 모르지만, 아무래도, 스님이 저한테 뭔가를 해주신 것 같아서……."

그러자 석전은 찰싹, 손바닥으로 아낙네의 궁둥이를 때렸다.

"하긴 뭘 허우. 시주님 육덕이 얼마나 튼실한지 검사했지."

아낙네는 석전의 농에도 불구하고 여전히 미심쩍은 눈빛을 풀지 않은 채, 고개를 갸웃거리면서 혼잣말을 했다.

"제가 한번 머리 아픈 병이 도지면 정신을 잃고 한 시간은 좋이 온 방을 헤집는데, 오늘은 이상하게도 일찍 깨어나서요."

석전은 아낙네를 향해 손을 저어보였다.

"어떻게 보면 병이란 것도 다 시주님 마음먹기 마련이우. 다음부터는 아프다고 병을 내치려 하지 말고 시주님을 아프게 하는 저 병이 바로 나다, 하고 부처님 모시듯이 허시우. 그러다 보면 언제 병이 있었냐는 식으로 깨끗이 사라질지 누가 아우?"

아낙네는 헝클어진 머리칼이며 옷매무새를 가볍게 다듬더니 이내 주방에서 밥상을 차려왔다. 둘을 위해서 새로 반찬을 만든 모양으로 마늘이며 파를 사용하지 않은 콩나물이며 시금치 같은 소채 위주의 상이었다. 상차림을 대하자마자 석전이 언뜻 이맛살을 찌푸리더니 아낙네를 불렀다.

"혹시 손님이 마시다 남긴 소주 같은 것은 없수?"

아낙네는 가타부타 대답도 없이 새 소주병을 아예 병뚜껑까지 따서 술잔과 함께 식탁에 올려놓았다. 석전은 자작으로 연거푸 석 잔을 목 안 깊이 털어 넣더니 이윽고 여유가 생긴 듯이 지긋한 눈으로 석우를 건너다보았다.

"석우 스님도 한잔 어때?"

"주세요, 스님이 권하는데 지옥이라도 못 갈까요."

석우가 단숨에 술을 들이켜자 석전이 껄껄 웃어댔다.

"그럴 줄 알았어. 석우 스님도 탁발 두 달 사이에 나처럼 땡중이 다 된 거야."

"사실은 그러지 않아도 나도 언제나 스님 같은 땡중이 되어보나 하고 오늘내일 기다리던 참인 걸요."

석전이 작은 눈을 크게 떠보았다.

"호오, 이거 잘못하면 우리 문중에 나보다 더 지독한 땡중 하나 나오겠는걸."

석전이 석우에게 한 잔만 더, 한 잔만 더, 하는 식으로 연거푸 석 잔을 권했고, 그때마다 석우는 단숨에 들이켰다. 석전은 그때마다 몹시 재미있어하며 석우를 부추겼다.

"잘한다, 잘해. 모르기는 해도 이 술 한 잔이면 석우 스님이 석 달 열흘 염불한 것보다 더 큰 공력이 될 거야. 아니, 어쩌면 큰스님한테 삭발을 당하고 나서 지금까지 다섯 해 열심히 중노릇한 것보다 더 큰 공력이 될지도 모르지. 암, 그렇고말고."

"스님, 정말이지요? 이 술 한 잔 마실 때마다 정말로 공력이 늘어나는 거지요?"

석우가 자칫 주정인가 싶을 정도로 석전에게 몸까지 들이밀며 물었고, 석전은 여전히 석우를 부추겼다.

"정말이다마다. 절집에서 입만 열면 마구니 마구니 하지만, 마구니만큼 큰 스승이 따로 있으랴. 석우 스님도 이왕 땡중으로 나섰으니까, 스님 안에 있는 마구니부터 잘 모셔. 그러면 가까운 날에 분명히 한소식 할 거야. 자, 그런 의미에서 마구니한테 건배."

빈 술병이 두 병으로 늘어났을까, 석우는 석전이 주는 대로 몇 잔을 헤아릴 수 없이 단숨에 들이키다가 문득 생각이 난 듯이 물었다.

"스님, 저 시주님께 행하신 것도 사실은 탁발이지요?"

"당연하지. 그게 궁금했어?"

"예, 세상에는 이런 식의 탁발도 있었구나, 하고 신기했어요."

"이런 식의 탁발이라면?"

석전이 석우의 말꼬리를 물고 늘어졌고, 석우가 선선히 대답했다.

"중생의 우환이나 업장을 대신 짊어지는 식이요."

석우의 대답에 석전이 뜻밖에 단호한 표정이 되어 고개를 저어 보였다.

"그건 아니야, 우선 나는 그럴 자격이 안 돼."

"……?"

"내가 괜스레 땡중이 된 줄 알아? 이 육신 하나 제대로 다스리지도 못하고 허구한 날 미친개처럼 헐떡이다가 보니 분하지만 어쩔 수 없이 땡중까지 된 거야. 그런 판에 누구의 우환이며 누구의 업장을 대신 짊어져? 나야말로 우환이고 업장 그 자체인 주제에."

석전은 이런 면이 있었나 싶게 뜻밖에도 격정적으로 자신을 드러내고 있었다. 석우는 그런 석전을 차츰 취기가 오르는 눈으로 비스듬히 바라보다가, 이왕 내친걸음인데, 하고 다시 한 걸음 더 가까이 다가갔다.

"제가 보기에는 분명히 저 시주님을 낫게 하던데, 그러면 스님이 행하신 건 일종의 기공 같은 건가요? 왜, 환자를 기로 치료한다는 기공 말예요."

석우의 말에 석전은 또다시 단호하게 고개를 저었다.

"몰라, 기공 같은 기술은 배워본 적도 없으니까. 어떻게 보면 자칫 기공으로 잘못 여길 수도 있겠지. 그러나 나는 일부러 상대방의 병을 의식하고 기공 따위를 행하는 게 아니야. 어차피 기공도 누구에겐가 시혜를 베푸는 식 아닌가. 지금까지 나는 상대방에 대해서 단 한 번도 시혜를 베푼다거나 자비심을 갖는다든가 하는 마음을 지녀본 적이 없어. 그야말로 상대방에 대한 아무런 의지나 집념도 없이 나도 미처 헤아리지 못하는 사이에 즉물적으로 대응하는 거지. 돌이켜보면 어차피 시혜나 자비 따위는 있는 자가 없는 자에게 베푸는 상하 관계일 뿐이야. 정직하게 말하자면 시혜나 자비라 할지라도 그것이 상하 관계라면 어차피 분별심이나 알음알이의 또 다른 표현일 뿐 불법과는 몇 억겁의 거리야."

석전은 속이라도 타는 듯 목마른 표정이 되어 목 안 깊숙이 술을 털어 넣더니 다시 말을 이었다.

"저 시주님도 그래, 저 시주님을 마주하는 순간 나는 사라지고 다만 시주님만이 남았을 뿐이야. 아픈 머리통을 두 손으로 감싸

안은 시주님만이 남아 신음을 지르며 방 안을 뒹굴었을 뿐이야. 그렇게 나는 애오라지 시주님이 되어 시주님이 앓고 있던 병을 그대로 앓아냈을 뿐이지. 바로 그런 경계의 어디쯤에서인가, 시주님의 고통이 나와 둘로 나누어지면서 그만큼 시주님의 병이 덜어진 것일 수는 있겠지. 그것은 저 빈집에서 나는 사라지고 대신에 나는 그대로 안뜰이 되었던 것과 마찬가지 경계야."

"……."

"그런데 언짢은 것은 어느 순간부터 내가 사라지고 상대방이 되는 경계가 시도 때도 없이 무작위로 나타난다는 거지. 그리고 그런 경계는 내 의지와는 전혀 상관이 없어. 정말이지 제멋대로야. 마치 나는 경계라는 상전의 노예라도 된 꼴이지. 그래, 노예라는 말을 하다 보니 이제 모든 게 확실해지는군. 바로 저 노예야말로 내가 어떠한 자의도 없이 죽는 날까지 함께 껴안고 살아내야 하는 이번 생인지도 몰라."

둘이서 식당의 밀창문을 열고 나왔을 때는 어느새 짧은 겨울 해가 뉘엿뉘엿 서쪽으로 기울어 가는 무렵이었다. 석우는 생전 처음 마신 술로 얼굴이 아예 검붉은 사천왕이 된 채 길거리에서 비틀거리더니 버스 차부에 들어서자마자 황급히 화장실부터 찾았다. 그리고 한동안 화장실에서 우웩, 우웩 토악질을 해대더니 다시 석전 앞에 나타났다. 그런 석우는 놀랍게도 언제 술을 마셨느냐는 듯이 전혀 멀쩡한 얼굴이 되어 있었다. 석전은 잠자코 석우를 바라보다가 쓴웃음을 웃었다.

"한 번의 토악질로 술을 벗어나다니, 우리 문중에 정말로 무서운 마구니가 하나 나왔군."

석우가 여전히 멀쩡한 얼굴로 석전의 말을 받았다.

"토악질 덕분에 지난 오 년간 쌓였던 어떤 체기가 말끔히 가셨어요. 그러고 보면 술이 저한테는 진짜 탁발이었어요. 못난 사제에게 술을 가르쳐줘서 정말로 고맙습니다. 사형."

전혀 예기치 못했던 석우의 말에 석전이 어쩔 수 없이 입을 크게 벌린 채 망연자실했고, 석우가 마치 쐐기라도 박듯이 다시 말을 이었다.

"뭔지 모르지만, 이제야말로 제대로 인정할 것 같아요."

"……?"

"사람 냄새. 제가 단 한 번도 인정하지 못했던 제 자신의 사람 냄새를요."

석우는 미처 말릴 틈도 없이 버스 차부의 차가운 바닥에 엎드려 석전을 향해 오체투지로 큰절을 했다.

객사客死

석우(釋宇)가 석전(釋田)의 죽음을 전해 들은 것은 수화기 멀리에서 들려오는, 몹시 귀에 거슬리는 누군가의 목소리에서였다.

"여보시유, 그쪽은 어디유?"

흡사 목구멍에 걸려 꺽꺽거리듯 탁한 누군가의 목소리는 석우가 미처 전화받는 '그쪽'을 밝히기도 전에 다짜고짜 상대방부터 확인하려 들었다.

"예, 내원암입니다."

"내원암이라문 무신 암자인 모양인디, 맞어유?"

"예, 맞습니다. 그런데 그쪽은 어디신데요?"

석우가 얼핏 실소하며 덩달아 '그쪽'을 묻자 상대방은 비로소 자신을 밝혔다.

"아, 여그는 서천경찰서 형사관디유, 사실은 우리 관내에서 행려병자 시체가 발견됐는디, 혹시 연고자가 있나 허구 전화를 해봤슈."

형사라는 이로부터 행려병자라는 말을 듣는 순간, 석우는 흡사 무슨 천둥소리라도 들리는 듯이 고막까지 얼얼해지는 느낌이었다. 한편으로는 막연하게 기다리던 무언가 불길한 예감이 기어코 현실로 나타나버린 것 같아서 전화기를 잡은 손이 후들후들 떨려왔다.

"해, 행려병자라고, 하셨어요?"

석우는 사뭇 손이 떨리다 못해 말까지 더듬거렸고,

"예, 행려병자유. 길바닥에서 죽은 행려병자에다가 주민증이구 뭐구 아예 없어서 신원을 확인할 수 없는디, 낡은 수첩에서 그쪽 전화번호가 달랑 하나 나왔구먼유."

형사가 갑자기 부드러운 말투가 되었다. 사형이다, 라고 입안에서 소리 없이 말을 굴리며, 석우는 마지막으로 내원암을 떠나던 석전의 얼굴을 떠올렸다.

"잘 있어."

석전은 나이답지 않게 해맑다 싶은 낯빛으로 석우를 바라보며 빙긋이 웃어보였다. 그렇게 다만 빙긋이 웃어보였는데, 석우는 자칫 무슨 밀랍으로 빚은 인형이라도 대하는 것처럼 가슴이 철렁 내려앉는 것이었다. 지금 이 얼굴은 살아있는 사람의 얼굴이 아니다, 무언가 알맹이가 빠져나가버린 허깨비의 얼굴일 뿐이다, 아아, 사형은 이 허깨비 얼굴로 세상에 나기서 어디에다 무거운 사대육신을 기댈 수 있으랴.

석우가 석전의 뒤를 따라 내원암에서부터 큰 절을 지나 일주문

밖까지 나오자 석전이 문득 멈추어 서서 손을 저어보였다.

"그만 올라가."

알맹이가 없는 허깨비 얼굴을 빤히 바라보면서도, 석우는 바로 그 허깨비 얼굴 때문에 석전의 환속을 더 이상 말릴 수가 없었다. 어차피 절에서도, 심지어 가장 품 넓고 따뜻한 부처님에게도 더 이상 기댈 수 없는 얼굴이다. 어쩌면 자신이 아닌 다른 어딘가에 기대기에는 너무 깊게 어떤 경계로 들어가 버린 얼굴이다.

석전이 그렇게 허깨비 얼굴로 뒷모습을 보이며 특유의 건들거리는 걸음발을 옮겨놓는 순간, 석우는 눈앞에서 석전이 그대로 기화(氣化)되어 자신이 알 수 없는 어떤 경계 너머로 너울너울 사라져가는 환상을 보았다. 그러자 지금이 어쩌면 이승에서 서로 대하는 마지막 순간일지도 모른다는 생각이 무슨 진저리처럼 온몸으로 전해져 오는 것이었다.

석우는 자신이 쓰던 만년필과 수첩을 꺼내 들었다. 그리고 황급히 앞장에 내원암의 전화번호를 적고서는 석전에게 뛰어갔다. 석우가 석전의 호주머니에 만년필과 수첩을 찔러넣자, 석전이 얼핏 이맛살을 찌푸리며 돌아보았다.

"뭐야?"

"만년필하고 수첩이오. 수첩은 몇 장 안 써서 새것이나 마찬가지에요."

"그런 것을 왜?"

"그냥요. 혹시나 하고 내원암 전화번호를 적었어요."

"흐응, 싱거운 친구 같으니. 부질없는 짓을 했군."

"부질없는 줄 알지만, 그래도 만일을 몰라서요. 무슨 일이 생기면 필요할지도 모르지요."

살아생전의 부질없는 짓이 죽어서는 다시 둘 사이를 연결해주는 끈이 되었다. 석우가 잠깐 상념에 빠져 있었는가 싶자 전화기 너머에서 형사의 아예 음전해진 목소리가 조심스럽게 다시 이어졌다.

"여보세유, 근디 전화 받는 분은 혹시 스님이시유?"

"예, 내원암을 맡고 있습니다."

"저기 뭣헐 소리는 아니지만유, 댁이가 스님이라니까 허는 말인디유, 그러구 보니, 지가 형사 생활만 이십 년이 넘는디, 그 형사적 직관으루다 척 봐두 어쩐지 그 시체에서도 말이지유, 중 냄새가 나더라 이 말씀이유. 사망헌 지 얼마나 된지는 모르지만 온몸에서 아직까장도 술 냄새가 진동을 허는 꼴을 보아 허니 중 중에서도 허릴 없는 땡중이었다싶지만유, 아따, 내가 헐 말 못헐 말 함부로 거시기 해뿌네유."

형사로부터 땡중이라는 말을 듣는 순간, 석우는 무심코 그의 말을 입안에서 되뇌었다. 땡중이라, 땡중이란 말이지. 그러자 불쑥 가슴 저 밑바닥에서부터 견딜 수 없는 욕지기가 거세게 치밀어 오르는 것이었다. 어쩌면 그 욕지기는 다름 아닌, 바로 자신을 향한 것인지도 몰랐다.

'아아, 나는 단 한 번도 사형을 지켜주지 못했다. 절에서도 흡사 무슨 똥물처럼 땡중이란 말을 뒤집어쓰다 못해 마침내 절 밖으로 나가더니 결국 주검까지도 마지막으로 똥물을 뒤집어썼다. 사형이 그렇듯 아무런 보호막도 없이 알몸으로 똥물을 뒤집어쓰는 동안에, 반대로 나는 똥물에서 벗어나기 위해 승복 속으로 비겁하게 몸을 감추지 않았으랴.'

"저, 번거러운 줄 알지만, 만일 바쁘시잖으면 경찰서에 나와서 한번 신원을 확인해주시믄 허는디, 스님, 시간이 어쩌신대유?"

"알았습니다. 곧 가도록 하겠습니다."

"워매, 죄송해서 어쩐대유?"

석우가 있는 내원암에 사흘걸이로 드나들던 석전이 아예 큰 절에서 보따리를 싸들고 와 골방을 차지한 것은 지난 초겨울이었다. 그렇게 골방을 차지한 지 얼마 되지 않아 석전은 석우에게 넌지시 함께 탁발하러 다닐 것을 권했다. 그 무렵 석전은 한번 들어가면 정해진 기한 내에는 나올 수 없다는 무문관(無門關)에서 꼬박 3년을 견디고나온 직후였는데, 나오자마자 문중의 기대와는 달리 술이며 담배, 저잣거리의 여자까지 탐하며 그야말로 호가 난 땡중 노릇을 하다못해, 이번에는 석우에게 종문에서 금하는 탁발까지 권해온 것이었다.

석전의 탁발을 오해한 석우가,

"차라리 제가 얼마씩 용돈을 드릴게요."

하고 넌지시 거절하자, 석전은 실실 웃으며 받아넘겼다.

"싫어. 석우 돈이라면 세상에 가장 맛없는 돈일 텐데, 그 돈으로 마시는 술이며 계집이 제맛이 날 리가 있나."

"돈 때문도 아니라면, 도대체 왜 종문에서도 금하는 탁발을 하려는 거예요?"

"그냥 심심해서. 모처럼 사람 냄새도 맡고 싶고."

석전은 여전히 실실거렸지만, 석우는 사람 냄새라는 말을 입에 담는 순간 석전의 눈이 푸른빛을 내며 깊어지는 것을 놓치지 않았다. 비록 문중의 큰스님이 석전을 대할 때마다 입에 달다시피 하는 '천하에 없는 땡중 놈' 이지만, 석우로서는 기이하게 단 한 번도 석전에 대해 외로 고개를 저을 수가 없었다. 그렇듯이 이따금 석전이 본인도 모르게 내보이는 깊고 푸른 눈빛을 대할 때마다, 그 눈빛이야말로 바로 석우로서는 필생을 다해도 전혀 가닿을 수 없는 아득한 경계처럼 여겨지고는 했다.

석우로서는 무엇보다도 그 무렵 빠져있던 수행의 어떤 한계 때문에라도 차마 석전의 유혹을 거절할 수가 없었는지도 몰랐다. 비구계를 받은 지 오 년이 넘어서면서부터 언제부터인지 모르게 행자 시절의 초발심은 사라져버리고 염불이며, 율법이며, 참선이며, 하다못해 번뇌마저 모조리 형식에 사로잡힌 채 수행자로서의 길이 한 치 앞도 안 보이는 캄캄한 암흑으로 변해버렸다. 아아, 무엇이든 직접 알몸으로 부딪쳐보고 싶다. 그렇게 살아있는 사물들과 부딪쳐 비록 알몸이 피투성이가 되더라도 뭔가 형식이 아닌 자신의 실체를 확인하고 싶다. 그런 석우에게 석전의 사람 냄새라는 말은 도저히 참아낼 수 없는 유혹이었다.

언젠가 석우가 석전에게 넌지시 자신의 수행이 빠져있는 암흑에 대하여 물어보자 석전은 먼저 피식, 코웃음 소리부터 내더니 한마디를 던졌다.

"이제 중질에 제법 물이 올랐네."

그리고는 미친한 듯이 한 마디 더 덧붙였다.

"암흑도 보이니 말이야."

"암흑이 보여야 중질에 물이 오르는 건가요?"

"아암, 암흑이 보인 다음에야 빛인지 뭔지가 보일 거 아냐?"

석우는 순간적으로 눈이 번쩍 뜨이는 기분이었다. 암흑이 있어야 빛이 있다. 석우에게는 판에 박혀 있기 마련인 모든 사물도 석전에게만 가면 흡사 안개에 가린 것처럼 그 형체가 흐려져 버린다. 어느 것이 선하고 어느 것이 악하고, 어느 것이 옳고 어느 것이 그르고, 어느 것이 아름답고 어느 것이 추하고…… 사물의 이런 따위 경계는 전혀 존재 가치가 사라져버린다. 이를테면 석전은 암흑과 빛처럼 석우가 깨닫지 못했던 사물의 또 다른 면과 함께 소위 '둘이 아닌 하나'의 경계를 보여주려 한 것인지도 몰랐다.

석우는 수화기를 놓자마자 서둘러 행장을 꾸려 길을 나섰다. 석우로서는 석전의 죽음을 아직은 누구에게도 알리고 싶지 않아, 큰절에도 쉬쉬하며 떠난 걸음이었다. 그렇게 택시를 타고 다시 버스를 갈아타며 서천으로 가는 내내, 석우는 자신도 모르는 사이에, 입안에서 무슨 염불처럼 행려병자, 행려병자를 되뇌고 있었다.

시외버스가 시골 마을의 간이정류장에 섰을 때였다. 시멘트로 무슨 성냥갑처럼 두 평 남짓하게 대충 만들어놓은 간이정류장 안의 의자에서 허리가 다 구부러진 노파가 가슴 안쪽에 보따리를 껴안은 채 일어섰다. 그리고는 전신의 뼈마디들이 우두둑, 우두둑, 부러져나가는 소리라도 내듯이 몹시도 힘겨운 동작으로 버스에 오르는 것이었다. 노파의 동작을 무심코 흘려보며, 석우는 마치 석전이 옆에라도 있는 것처럼 중얼거렸다.

"사형은 결국 정해진 길을 가신 거군요."

연이어 사흘째 눈이 내린 다음 날이었던가, 석우와 석전이 탁발하기 위해 큼직한 바랑을 등에 멘 채 아침 일찍 절을 나선 참이었다. 겨울이 깊어진 만큼 어느새 둘의 탁발도 깊어져, 석우로서는 눈길을 걸어 마을과 마을을 헤매는 해종일의 탁발 끝에 바랑을 쌀로 가득 채워 절로 돌아오는 저녁나절이면 비록 몸이야 그야말로 물먹은 솜처럼 천근만근으로 무겁지만 마음만은 새의 깃털처럼 가벼워지는 나날이었다.

석우는 낯선 시골의 마을을 에도는 군내버스를 타고 창밖으로 흘러가는 모처럼의 눈 세상을 싱그러워하고 있었다. 눈발이 그친 하늘은 가득히 무슨 푸른 얼음짱이라도 깔린 것처럼 쨍쨍했고, 눈 위에 쏟아지는 햇살은 순금 빛으로 눈부셨다. 모처럼의 화창한 날씨답게 버스 안에는 마침 군내버스 운전수가 구수한 유행가를 틀어주었고, 채 열 명이 안 되는 승객들 또한 저마다, 좋은 아침, 하고 서로에게 인사라도 해야 할 듯이 공연스레 화기가 넘쳐나는 분위기였다. 그때 석전이 버스 안의 분위기를 깨뜨리며 의자에서 벌떡 일어서서 소리쳤다.

"스톱, 스토옵, 운전사 양반, 버스 좀 세워요."

석우가 아직도 두 눈에 창밖의 싱그러운 눈 세상을 지우지 않은 채, 무슨 일인지, 눈으로 석전에게 물었고, 석전은 대답 대신에 황급히 출입문으로 향했다. 석전을 따라 덩달아 버스에서 내린 석우가 여전히 석전의 마음을 헤아릴 수가 없어서 의아한 기색을 감추지 않자, 석전은 상기된 표정으로 도로 저 끝에 있는 간이정류장 쪽을 잠자코 턱짓해보였다.

"저 정류장에……."

석우가 얼핏 쳐다본 간이정류장은 시골 마을마다 도롯가의 어디에든 흔하게 세워져 있는 정류장일 뿐이었다. 시멘트로 조악하게 세워놓은 두 평 남짓한 공간과 지붕, 그 안에 역시 시멘트로 사람이 앉을 수 있도록 형체만 만들어놓은 의자가 댕그라니 놓여있었다.

"그저 흔한 정류장일 뿐인데요?"

"사람이 있어."

"사람이요?"

석우가 좀 더 자세히 바라보자 시멘트 의자 아래로 희끄무레한 무슨 넝마 덩이 같은 것이 희미하게 시야에 들어왔다. 그리고 석우는 비로소 자신의 시선이 석전이 가리키는 사람을 놓친 이유를 알았다. 시멘트 의자 뒤편의 어두운 구석에 아무렇게나 누워 있는, 사람이라기보다는 무슨 버려진 넝마 같은 물체를 바로 겨울 아침의 눈부신 햇살이 무슨 투명막처럼 석우의 시선으로부터 차단해버린 것이었다. 석우가 한껏 눈을 가늘게 만든 채 한 번 더 확인했다.

"그렇군요, 자세히 보니 사람 같기도 해요."

"응, 사람이야."

"사람이라면, 아무래도 노숙자나 걸인이겠지요. 가엾게도 이 엄동에 저기서 간밤을 지낸 모양이군요."

석우가 혀를 찼고, 석전이 다시 말을 이었다.

"그렇겠지. 지나치는 버스에서 창밖으로 우연이 저 이의 얼굴을 보았어. 수염이 더부룩한 노인의 얼굴이었는데, 그 얼굴이 햇살 속에서 웃고 있는 거야."

"웃어요?"

석우가 묻자 석전이 고개를 한쪽으로 갸웃거렸다.

"단순히 착각일지도 모르지. 그런 내 착각으로는 분명히 웃고 있었어. 그것도 더 없는 행복감에 겨워서. 지금까지 내가 본 어떤 웃음보다도 더 넉넉하게."

석전의 말에 이번에는 석우가 고개를 한쪽으로 기울였다.

"저는 슬슬 걱정되는 걸요. 저런 데서 한뎃잠을 자다니, 무슨 변고라도 생긴 것은 아닐까, 하구요. 아무래도 가서 확인해봐야겠어요."

석우가 도로 건너편의 간이정류장을 향해 이제 막 걸음을 옮길

때, 석전이 석우의 뒤통수를 향해 한마디 던졌다.

"죽었을 거야."

석우가 재빨리 돌아섰다.

"죽었을 거라고요?"

"응, 전혀 생기가 느껴지지 않아."

석우는 생기가 느껴지지 않는다는 석전의 말을 전혀 의심하려 들지는 않았다. 함께 탁발하러 다니면서 비로소 안 사실이지만 기이하게도 석전에게는 부딪치는 사물들과 쉽게 한몸이 되는 어떤 경계가 있었다.

지난겨울 내내 해종일 마을들을 전전하며 집집마다 대문 앞에서, 주로 석우가 염불을 하고 석전이 목탁을 치는 식으로 탁발하러 다녔다. 그런 마을의 절반쯤 뜯겨나간 어느 허름한 대문 앞에 서였던가, 석우가 천수경을 다 읊도록 기척이 없는 집 안에 문득 의심이 들어 대문 안을 기웃거리다가 염불을 중단한 채 석전에게 말을 건넸다.

"아무래도 버려진 빈집 같아요."

석우의 말에는 아랑곳없이 석전은 애오라지 목탁을 두드리기에 여념이 없었다. 도대체 이 빈집의 무엇이 사형으로 하여금 미처 자신의 말도 알아듣지 못할 정도로 몰입하게 하는 것일까. 석우가 그렇게 힐끗, 석전의 얼굴을 보았을 때였다. 왼손으로 목탁을 잡고 오른손으로 열심히 두드려대는 석전의 눈길은 반쯤 뜯겨나간 대문 안에 전혀 초점이 없이 고정되어 있었다. 모르기는 해도 석전은 자신이 지금 어디에서 무엇을 하고 있는지도 까마득히 잊어버렸을 터였다.

석우는 자신으로서는 전혀 헤아릴 길이 없는 어떤 경계를 석전이 혼신을 다하여 헤매고 있는 것을 깨달을 수가 있었다. 손길은 목탁을 두드리고 있으나 목탁이 아닌 다른 경계를 두드리고, 초점이 없는 눈길은 분명히 빈집 안의 스산한 풍경에 가있되 빈집이 아닌 다른 경계를 넘나드는 중이었다.

절에 돌아온 석전은 무언가 마음이 쓰이는 듯 고개를 갸웃거리더니 입을 열었다.

"대문이 절반쯤 떨어져 나간 그 집 말이야. 석우 스님 천수경에 따라 목탁을 치고 있는데, 어느 순간에 그만 내가 사라져버리는 거야. 목탁을 치는 나는 사라지고, 대신에 또 다른 내가 쑤욱, 그 집으로 들어가더니 이번에는 그 집 안뜰에 가득히 깔리는 거야. 아니 내가 그대로 안뜰이 되는 거지. 그렇게 안뜰이 되는가 싶자 이번에는 안뜰을 가득 메운 검불이며, 시든 잡초의 대궁들, 찌그러진 양은냄비, 찢어진 검정 고무신 한 짝, 이런 것들이 되는 거지. 정말이야. 바람에 이리저리 날리는 검불의 가벼움이 그대로 느껴지고, 금방이라도 부서져 내릴 것 같은 대궁이들의 바짝 마른 몸피가 느껴지고, 양은냄비의 찌그러진 홈에 낀 검댕이가 느껴지고, 고무신짝의 삭아내린 자취가 느껴지는 거야. 처음에는 나도 이게 무슨 백일몽인가 싶었지. 대낮에 멀쩡한 정신으로 꾸는 꿈같은 거 말야."

석우는 예의 빈집에서처럼 벌써 석전이 간이정류장에 있는 사람과 한몸이 되는 경계에 들었나 싶으면서도, 마음 한편에 남아 있는 의아심을 드러냈다.

"아니, 조금 전에는 웃고 있다고 하지 않았어요?"

"그래, 분명히 웃고 있었어."

"그런데 이번에는 또 죽었을 거라면서요?"

"그랬지."

"어떻게 사람이 죽었는데 웃을 수가 있는 거지요?"

"그건 나도 이상해. 사람이 죽으면서도 웃을 수 있는가 하고. 그러니까 단순한 내 착각일지도 모른다고 했고."

석전의 말을 아무래도 긴가민가 여기며 석우는 길 건너편에 있는 간이정류장 쪽으로 고개를 돌렸다.

"같이 가보지 않겠어요?"

석우의 권유에 석전이 고개를 저었다.

"안 볼래. 그냥 여기서 저 이를 지켜보는 게 저 이에 대한 예의 같아서……."

"예의고 뭐고 저는 도저히 궁금해서 못 견디겠어요. 저만이라도 가볼게요."

도로를 건너 간이정류장으로 간 석우는 석전의 말을 그대로 확인했다. 육십 대 어름의 털북숭이 노인은 밖으로 드러난 얼굴이며 손발이 새까맣게 때가 낀 채 온몸에서 역한 냄새가 진동하는 행색으로 보아 걸인이 분명하였는데, 석전의 말마따나 넉넉하게 웃고 있는 듯한 표정이었다. 어쩌면 살아생전의 표정인지도 모르지만, 금방 잠이라도 든 듯이 평화롭게 보이는 얼굴에는 죽음의 고통이나 그늘 같은 것은 없었다. 석우가 혹시나 하고 검지를 코에 대어 봤지만 역시 숨결은 느껴지지 않은 채, 무슨 애벌레처럼 한껏 웅숭그린 몸뚱어리도 이미 딱딱하게 경직되어 있었다.

석우가 다시 도로를 건너왔을 때, 석전은 아예 눈이 쌓인 길가에 철퍼덕 주저앉아 결가부좌를 튼 채, 절반쯤 감은 눈은 벌써 석우가 닿을 수 없는 어떤 경계 너머를 바라보고 있었다. 아마도 석전은 혼신의 힘을 다해 걸인의 주검과 한몸이 되어 무언가 석전만의 세계를 넘나들고 있을 것이었다.

석우는 잠자코 석전의 옆에 결가부좌를 하고 앉아 바랑에서 목탁을 꺼내어 천천히 두드리기 시작했다. 석우로서는 자신의 염불이 이 순간에도 저 걸인과 한몸이 되어 혼신을 다해 어떤 경계를 헤매고 있을 석전에게 도움이 되고 싶은 마음이었다. 그러자 석우가 구태여 의식하지도 않는 사이에 기다렸다는 듯이 반야심경이 흘러나왔다.

마하반야바라밀다심경

관자재보살 행심반야바라밀다시

조견오온개공 도일체고액

사리자

색불이공 공불이색 색즉시공 공즉시색 수상행식

역부여시

두루 차고 깊은 지혜 한 마음 밝았으니

저 세상과 이 세상을

두루 살펴 자재로이 행하시는 한 마음이

죽은 세상 산 세상 한데 비추어보시니

모든 중생들은 본래부터

공생(共生), 공심(共心), 공용(共用), 공체(共體), 공식(共食)하여

고정됨이 없이 나투고 화하여 돌아가건만

그것을 몰라서 일체 고통의 길을 걷나니.

사리자여,

물질과 마음이 다르지 않고

마음과 모든 물질적 현상과 다르지 않아

모든 물질적 현상은

곧 한마음으로 쫓아 있나니.

느끼는 생각과 행하는 의식은

또한 둘이 아니어서

이와 같나니.

언제부터인가 석우는 자신의 입에서 낭랑하게 흘러나오는 염불이 어쩐지 자신의 목소리가 아닌, 전혀 다른 이의 것처럼 새롭게 여겨지는 것이었다. 그렇듯 새롭게 여겨지는 것은 비단 목소리만

은 아니었다. 석우가 입산을 하여 처음으로 머리를 깎은 행자 시절부터 벌써 수천 번은 좋이 읊어댔을 반야심경의 내용 또한 전혀 새롭게 가슴에 와 닿는 것이었다.

저기 누워서 아직도 웃고 있는 저 주검은, 당장에 관자재보살 옆에서 죽은 세상, 산 세상을 비추고 또한 바로 저 주검과 한몸이 되어 아득한 경계를 넘나드는 석전은 고정됨이 없이 나투고 화하여 돌아가건만, 나만 혼자 그것을 몰라서 일체 고통의 길을 걷는구나.

아아, 사리자여, 반야심경이 새롭게 가슴에 와 닿자 석우는 자신의 염불이 결코 간이정류장에서 죽은 걸인이나 석전을 위해서가 아닌, 바로 자신을 향한 염불이 되어 있는 것을 알 수가 있었다. 석우는 가슴에서부터 비롯하여 온몸으로 퍼져가는 어떤 희열감에 부르르, 진저리를 쳤다. 그렇게 희열감에 진저리를 치면서 석우는 뭔가 형식이 아닌 실체로 자신이 살아있다는 것을, 마치 석전의 푸르고 깊은 눈빛처럼 자신도 푸르고 깊은 삶 자체로 살아있다는 것을 느낄 수가 있었다. 그러자 수행자로서의 길에 드리운 채 자신으로 하여금 한 치 앞도 내다보지 못하게 하던 저 캄캄한 암흑마저 삽시에 사라지는 기분이었다.

석우가 염불을 끝냈을 때, 여전히 간이정류장 쪽을 바라보고 있던 석전이 무심코인 듯 이마를 찌푸렸다.

"느껴지지가 않아."

"뭐가요?"

"저 이의 웃음 말이야."

석우가 미처 석전의 말뜻을 헤아리지 못하여 잠자코 있자 석전이 다시 말을 이었다.

"죽어가는 마지막 단말마의 순간을 견디면서도 웃을 수 있는 경계, 그게 도무지 느껴지지가 않아."

석전이 여전히 이마를 찌푸린 채 씨익, 쓴웃음을 지으며 자리를 털고 일어났다. 그리고 한 마디를 더 이었다.

"아마도 내가 넘볼 수 없는 경계의 어디쯤에 저이의 웃음이 있는 게지."

석전은 그 말을 끝으로 더 이상 입을 열지 않았다. 돌아오는 버스 안에서 더 이상 궁금증을 참지 못한 석우가 조심스럽게 먼저 말문을 열었다.

"죽으면서 웃을 수 있다면, 어떠한 경계일까요?"

그러자 석전은 뜻밖에도 선선히 대답했다.

"단순한 형상으로만 본다면 기실 웃음이야 아무런 의미가 없을지도 몰라. 죽으면서 웃을 수 있다는 게 어려운 경계임에는 분명하겠지만, 우리 절집에서도 아예 없지는 않았지. 감산 스님 같은 분을 위시해서 적잖은 조사님들이 웃으면서 입적하셨지. 어쩌면 나도 잘만 노력하면 나중에 웃으면서 죽을 수 있을지도 몰라. 문제는 웃음이 아니야, 웃음보다는 웃음 안에 숨어 있는 진실이지."

석전은 이제 막 어두워져 가는 창밖 풍경에 눈을 준 채였다. 어쩌다 우연히 창에 비친 석전의 눈길과 마주친 석우는 또다시 그 눈빛이 푸르고 깊어져 있는 것을 보았다.

"간이정류장의 저이야말로 진짜지. 나 같은 자는 죽었다가 깨어나도 도달할 수 없는 어떤 거리에서 저이는 웃고 있는 거야. 저이에게 비하면 나는 가짜일 뿐이지. 어디 나뿐인가. 우리 비구들이 부처의 두터운 그늘 아래 숨어서 참선이네, 수행이네, 각성이네, 자신과 허우적대던 끝에 간신히 도달한 경계를 어떻게 저이와 비교할 수 있으랴. 언제 저이가 부처의 두터운 그늘 아래 든 적이 있을까? 그리하여 단 한 번이라도 부처의 향기로운 말씀을 들은 적이 있을까? 그렇듯이 참선이며, 수행이며, 각성에 도달한 적이 있을까? 한 거렁뱅이가 세상의 어느 누구의 비호도 없이 애오라지 자신의 고통스럽고 신산한 삶만을 기둥 삼아 도달한 경계, 그리하여 삶의 마지막에 단말마의 비명 대신에 단 한 번 피어올린 웃음의 경계를 누가 과연 흉내라도 낼 수가 있으랴. 만일에 우리 시대에도 홀로 깨우친 독성(獨聖)이 나온다면 바로 저이 같은 모습일 거야. 아니, 우리가 오늘 본 저이야말로 진정한 독성이었는지도 모르고."

창밖으로 차츰 땅거미가 짙어지는 시골 마을의 저녁 풍경들이 무거운 침묵 속에 지나치는가 싶자, 석전이 다시 입을 열었다.

"큰스님이 나만 보면 천하에 없는 땡중 놈이라고 목에 힘줄을 세우지만, 그리고 다른 사람들도 나를 아예 중놈 취급하지 않지만, 나는 한 번도 그들의 말을 욕으로 들은 적이 없어. 돼먹잖은 변명 같을 테지만, 나는 오히려 내가 땡중 취급을 받을 때마다 자신이 대견스러웠어. 내가 왜 무문관을 나오자마자 땡중 노릇부터 한 줄 알아? 지금에 와서야 고백하지만, 무문관에 삼 년 동안 갇혀 있는 동안, 한때는 나도 내가 부처를 이룬 줄 알았어. 선정에 들면 저절로 삼매에 들고, 삼매에 들면 그대로 시간이며 공간을 잊어버리고 날이 갈수록 깊어지고 깊어졌으니까. 그리하여 까마득한 무의식만 남게 되면 그 무의식의 밑바닥 언저리에 내가 아닌 그 어떤 것이, 이를테면 내가 지닌 어떤 신비한 경계가 느껴지기도 했지. 나중에 알아보니 그것을 달리 우주적 공간이라고 부르기도 하더군. 자기 안에 있는 우주적 공간을 연다는 거지. 그때는 그게 경계의 끝인 줄 알았어. 결가부좌만 하고 앉아 있으면 나는 그대로 훌쩍 부처가 되어, 입가에 마냥 웃음이 떠날 줄 몰랐지. 아아, 그때는 모든 게 부처였지. 삼라만상 모든 것이 부처 아닌 것이 없고, 심지어 내가 눈 한 덩이 똥마저 부처가 되어 그렇게 나는 나의 모든 것으로부터 자유로워졌는데, 더 이상의 경계가 어디 있으랴. 그런데 말야, 무문관에서 나온 그날 단박에 나는 그 경계가 가짜라는 것을 깨달았지."

어느 순간에 푸르고 깊은 눈빛으로 빛나던 석전의 두 눈에서 눈물이 흘러내리기 시작했다. 석우는 차창에 비친 석전의 얼굴에서 두 줄기 눈물이 주르륵, 양 볼을 타고 흘러내리는 것을 훔쳐보았다.

"무문관 삼 년 동안 나는 부처를 얻은 대신에 사람을 잃어버렸던 거야. 나의 어디를 둘러보아도 사람은 보이지 않았어. 킁킁, 아무리 기를 쓰고 맡아보아도 사람 냄새가 나지 않는 거야. 아아, 나는 결국 삼 년 동안 사람을 잡아먹고 부처라는 괴물이 되어 세상에 나온 거야. 더 이상 내 안의 부처라는 괴물을 견디다 못한 나는 다시 옛날처럼 땡중 노릇을 시작했어. 술에 엉망진창으로 취하고 지분 냄새 나는 여자들의 사타구니를 빨아대니까, 그때서야 비로소 내가 사람으로 보이고 차츰 사람 냄새도 다시 나기 시작하는 거야. 술을 마시다 보면, 이따금 저만큼 거리를 두고 한때 내가 부처라고 믿었던 자가 나를 바라보고 있더군. 그러면 내가 부처라는 자에게 푸읏, 술을 뿜어대면서 묻지. 이 부처란 놈아, 이래도 네가 부처냐. 여자들의 사타구니를 빨다가 무심코 바라보면 방 안 한쪽 귀퉁이에 역시 내가 만든 부처라는 자가 빤히 나를 바라보고 있는 거야. 그러면 나는 부처라는 자에게 아직도 정액 냄새가 나는 입을 열어 묻지. 이 부처란 놈아, 이래도 네가 아직 부처란 말이냐. 괴변 같을 테지만 나로서는 다름 아닌, 그 사람이며 사람 냄새를 찾기 위해 땡중 노릇을 한 셈이지."

석우가 서천경찰서 형사과에 도착하자, 뜻밖에도 전혀 형사답지 않게 시골농사꾼처럼 사람 좋아 보이는 중년의 사내가 석우에게 손부터 내밀었다.

"아이구, 스님, 먼 길에 욕보셨구먼유. 나, 조기문 형사유."

조 형사는 우선 시신부터 확인하고 싶다는 석우의 말에 선뜻 자리에서 일어섰다. 그리고 석우를 부근에 있는 병원의 시체실로 데려갔다. 그리고 시체실 앞에서 담당자에게 석우를 인계하고는 코부터 막고 돌아섰다.

"지는 이래 봬두 비위가 엄청 약하구먼유. 한번 시체 냄새를 맡었다 허믄 최소한 하루 세끼는 아무것도 먹지를 못한다 이 말씀이유. 죄송허지만 지는 밖에서 기다릴 테니 시신 확인은 스님 혼자서 해야것슈. 뭐 확인허나마나 것지먼유."

죽은 석전의 얼굴은 웃고 있지 않았다. 웃고 있기보다는 뭔가 불만이라도 있는 듯이 가볍게 이마를 찡그린 채 누군가를 바라보고 있는 표정이었다. 시체실에 누워있는 석전의 얼굴을 보는 순간, 석우는 기이하게도 자신은 이미 오래전부터 석전의 죽음을 확인했던 듯한 기분이었다. 알맹이가 빠져나가 버린 허깨비 얼굴, 그리하여 무슨 밀랍으로 빚은 인형처럼 여겨지던 얼굴이 바로 석우 앞에 누워 있었다. 그 허깨비 얼굴을 눈앞에서 바라보며 석우는 낮은 목소리로 중얼거렸다.

"사형은 웃고 있지 않으시군요."

석전은 걸인의 웃음을 목도한 다음 날부터 더 이상 탁발에 나서지 않았다. 대신에 내원암의 골방에 들어앉아 거의 문밖출입도 끊은 채, 끼니때가 되어도 얼굴조차 내밀려 하지 않았다. 석전의 힘들어하는 모습이 눈에 밟히는 석우가 어쩔 수 없이 전전긍긍, 가슴을 졸이며 한 달을 지냈을까, 석전이 가까스로 말문을 열었다.

"그만 산에서 내려가고 싶어."

이제 막 꽃봉오리가 하나둘 터지기 시작하는 뜰 앞의 매화나무를 무슨 꿈결인 듯한 눈길로 오래 바라보던 뒤끝이었다. 난데없었지만, 석우는 왠지 모르게 자신이 석전에게 언제 저 말이 나오나, 기다리고 있었던 듯한 느낌이어서 별로 놀라지도 않고 석전의 말을 받아들였다.

"산에서 내려간다면, 환속을 말씀하시는 거예요?"

"응."

석전은 여전히 무슨 꿈결인 듯한 눈길로 석우를 바라보며 아주 쉽게 대답했다. 어쩌면 석전은 탁발을 끝내면서부터 이미 산에서 내려갈 생각을 하고 있었는지도 몰랐다. 석전은 잠자코 침묵만 지키는 석우가 마음에 걸렸는지 다시 입을 열었다.

"중으로써 내가 나에게 할 수 있는 것은 다 끝난 것 같아. 그러니 더 이상 절에 남아 폐를 끼칠 이유가 없지."

석전이 어린애같이 해맑은 낯빛으로 석우를 바라보며 빙긋이 웃어보였다. 그리고 바로 그때 석우는 석전의 그렇듯 해맑은 얼굴에서 처음으로 무슨 밀랍인형처럼 알맹이가 빠져나가 버린 허깨비의 얼굴을 보았을 것이었다. 그 허깨비 얼굴을 향해 석우는 마지막으로 어리석은 질문을 던졌다.

"사형은 그분을 찾아가시나요?"

"그분?"

"예, 웃으면서 돌아가신 분요."

"아니, 나에게 그런 욕심이라도 남아 있다면 절을 안 떠나지. 그이는 그이이고 나는 나인걸. 나중에 내가 어떻게 죽을지 모르지만, 나도 모르는 내 마지막 얼굴이 있지 않을까?"

"사형, 고마워요. 끝까지 저에게 친근한 얼굴로 남으셔서. 아무래도 사형께는 제 염불마저 부질없겠지요?"

석우는 단말마의 순간까지 끝내 웃지 않은 석전을 향해 합장했다. 석우에게는 어쩐지 시신에서 물씬 사람 냄새가 풍기는 것 같아서 일말의 안도감과 함께 친애하는 마음마저 드는 것이었다. 그리고 석전이 마지막 순간에 뭔가 불만이라도 있는 듯이 찡그린 채 바라보았을 누군가가 어렴풋이나마 짐작되었다. 그런 석우의 귓가에 이명처럼 석전의 목소리가 웅웅 울렸다.

'……술을 마시다 보면, 이따금 저만큼 거리를 두고 한때 내가 부처라고 믿었던 자가 나를 바라보고 있더군. 그러면 내가 부처라는 자에게 푸웃, 술을 뿜어대면서 묻지. 이 부처란 놈아, 이래도 네가 부처냐. 여자들의 사타구니를 빨다가 무심코 바라보면 방안 한 귀퉁이에 역시 내가 만든 부처라는 자가 빤히 나를 바라보고 있는 거야. 그러면 나는 부처라는 자에게 아직도 정액냄새가 나는 입을 열어 묻지. 이 부처란 놈아, 이래도 네가 아직 부처란 말이냐.'

석전의 목소리를 환청으로 들으며, 석우는 단말마의 순간에도 석전이 옆에서 자신을 지켜보고 있는 그 누군가를 향해 마지막 숨결을 뿜어냈을 것을 믿어 의심하지 않았다.

석우가 시체실을 나서자 복도에 놓인 긴 의자에서 담배를 피우며 기다리고 있던 조 형사가 벌떡 일어섰다.

"어떻수? 아는 분이쥬?"

"예, 제 사형입니다."

"그럼 스님이 저 행려병자의 유일한 연고자가 되는 셈인디, 어떻게 허실 참유?"

"어떻게 하다니요?"

"스님한테 연락이 안 되면 시신은 즉시루다 대학병원에다가 기증할려구 했지유. 행려병자 시신이야 사망 원인이 분명한 관계루다 해부다 뭐다 성가신 절차를 밟을 필요가 없으니께유. 만일에 시신을 기증헌다문야 대학병원에서 좋아들 헐 거구먼유. 시체가 아직은 젊은데다가 무슨 교통사고를 당한 것도 아니어서 사대육신이 멀쩡허니께유. 실험실습용으로는 딱이쥬."

석우가 조 형사에게 강하게 고개를 저어보였다.

"모셔갈 겁니다."

석우의 말에 조 형사는 흡사 못들을 소리라도 들은 것처럼 작은 눈을 한껏 크게 흡떴다.

"모, 모셔 가다뉴?"

"모셔다가 절에서 다비를 해드릴 겁니다."

다비라는 말에 조 형사는 흡뜬 눈을 한 번 더 흡떴다.

"다비라니, 아니 무슨 고승들에게나 해드린다는 그런 다비 말씀이유?"

"예, 그런 다빕니다."

"아니, 저런 땡중한테 다비를 헌다구유?"

조 형사는 아예 목청까지 높였다. 그런 조 형사를 향해 석우가 빙긋이 웃어보였다.

"형사님에게는 땡중일지 몰라도 저에게는 부처님인 걸요."

석우의 말에 조 형사가 고개를 절레절레 흔들어보였다.

"저런 거지발싸개 땡중을 부처님이라니, 이제 보니 댁이두 저 땡중허구 급수가 같은 땡중이었구먼."

"고맙습니다. 같은 급수로 취급해 주셔서."

석우가 말끝에 조 형사를 향해 합장했다. 그러자 어디선가 석전의 목소리가 다시 이명처럼 웅웅 울려오는 것이었다.

'언제 저이가 부처의 두터운 그늘 아래 든 적이 있을까? 그리하여 단 한 번이라도 부처의 향기로운 말씀을 들은 적이 있을까? 그렇듯이 참선이며 수행이며 각성에 도달한 적이 있을까? 한 거렁뱅이가 세상의 어느 누구의 비호도 없이 애오라지 자신의 고통스럽고 신산한 삶만을 기둥 삼아 도달한 경계, 그리하여 삶의 마지막에 단말마의 비명 대신에 단 한 번 피어올린 웃음의 경계를 누가 과연 흉내라도 낼 수가 있으랴.'

육식肉食

피상을 지나 마낭을 향한 급경사의 오르막길로 접어들 때부터 시작한 눈발은 사방에 땅거미가 드리울 무렵에는 아예 눈앞이 안 보일 정도의 폭설로 변해있었다. 마낭에 가까워질수록 쌓인 눈 또한 예사롭지가 않아, 눈 속에 발목이 빠져드는 걸음걸이는 천 근의 무게라도 매단 듯 무거웠다.

멀리 초르텐이라는 원뿔 모양의 탑들이 어른거린다 싶자 비로소 눈발이 성기더니 눈을 뒤집어쓴 탑들이며 마니단, 저만큼 언덕 위에 있는 곰파라는 사원이 더욱 뚜렷해지면서 삽시간에 눈발이 그쳤다. 그리고 초르텐 너머로 군청색 땅거미 속에서 노랗게 반짝이는 서너 점 불빛들이 수줍게 모습을 드러냈다. 눈 때문이었을까, 아니면 해발 4천 미터 어름의 고도가 이루어내는 산색이며 땅거미 때문이었을까. 초르텐, 마니단, 곰파가 노란 불빛들과 어울려 멀고 가까운 공간에서 어떤 조화를 이루며 펼쳐진 저녁 풍경을 꿈결에서처럼 낯설고 환상적인 기분으로 바라보았다.

눈앞에 어른거리는 풍물들을 새삼스럽게 낯설고 환상적으로 여기는 스스로가 어쩐지 생뚱맞은 느낌도 없지 않았다. 어어, 나에게 아직 이런 감성이 남아있었다니, 하고 놀라운 느낌이기도 했다. 초르텐, 마니단, 곰파 같은 불교 유적들은 해발 3, 4천 미터 남짓한 히말라야 기슭에 산재한 티베트 문화권에 들면 어디서나 흔히 대할 수 있는 풍물이었다. 더군다나 나처럼 벌써 육 개월 남짓 히말라야 일대를 헤매고 있는 처지에서는 눈에 닳을 대로 닳아 아예 흥취를 잃어버린 일상의 풍물이기도 했다.

누군가가 다가오는 기척이더니 익숙한 영어로 말을 걸었다.

"포카라에서 오지 않았느냐?"

돌아보니, 삼십 대 언저리의 서양인이 부드러운 갈색 눈동자로 웃고 있었다. 내가 고개를 끄덕이자 그는 다시 말했다.

"포카라에서 당신을 보았다."

네팔의 서쪽에 위치한 포카라는 내가 안나푸르나 일주 트레킹에 나서기 전에 한 달 가까이 머물던 곳이었다. 포카라는 금방이라도 쨍하는 소리를 내며 부서져 내릴 것같이 투명한 마차푸차레를 위시한 안나푸르나 연봉들이 병풍처럼 도시를 둘러싸는 한편, 페와 호수에 그림자를 드리워 하늘과 호수에서 함께 그 뛰어난 자태를 관상할 수 있는 곳으로 유명하기도 했다. 포카라의 안나푸르나는 바라보면 볼수록, 새하얗다 못해 푸르게까지 여겨지는 투명함 속으로 깊이 나를 빨아들이는 느낌이었다. 부드러운 갈색 눈동자는 여전히 웃고 있었다.

"혹시 토롱 고개를 넘을 작정이냐?"

"그렇다."

"그럴 것 같아서 물었다. 너는 그 차림으로 토롱 고개를 넘을 수 있다고 생각하느냐?"

내 차림? 하고 눈으로 반문하자, 갈색 눈동자는 내 위아래를 훑었다.

"네가 입고 있는 옷은 겨울옷이 아니다."

"……?"

나는 갈색 눈동자가 훑고 지나간 위아래를, 가벼운 윈드점퍼에다가 청바지 차림인 위아래를 내려다보았다.

"게다가 신발은 어떠냐?"

갈색 눈동자는 더 이상 웃지 않고 지긋이 나를 지켜보고 있었다. 나는 이번에는 신발을 내려다보지 않았다. 동대문 시장의 어느 신발 가게에서 산 싸구려 운동화는 이미 앞축이 망가져 밑창을 덜렁대고 있을 것이었다.

"지금 토롱 고개는 매우 추울 것이다. 그 차림으로 어떻게 토롱 고개를 넘는다는 것이냐?"

"10월이어서 눈이 오리라고는 생각을 못 했다."

"토롱 고개는 10월 말이면 이미 겨울 시즌이다. 자, 나를 봐라."

갈색 눈동자는 장갑을 낀 손을 들어 자신의 두꺼운 방한모부터 방한복, 그리고 등산화까지 일일이 가리켜 보였다. 그리고 덧붙였다.

"만일 토롱 고개를 넘겠다면 마낭에서 겨울옷이며 등산화를 마련해라."

해발 5천4백 미터의 토롱 고개는 포카라에서 시작하여 안나푸르나 연봉들을 커다랗게 한 바퀴 휘둘러 다시 포카라로 돌아오는, 대략 한 달쯤 걸리는 안나푸르나 일주 트레킹에서 가장 힘든 코스로 알려졌었다. 토롱 고개는 거의 수직이다 싶은 벼랑을 1천 미터 가까이 오르는 식이어서 만일 눈이 쌓였거나 얼음이라도 얼었다면, 나의 차림으로는 그곳을 넘는 것이 불가능할지도 몰랐다.

"미안하지만, 나는 네가 미친 상태로 보인다."

갈색 눈동자가 마치 쐐기라도 박듯 마지막 말을 남긴 채, 멀리 반짝이는 노란 불빛들을 향해 휘적휘적 큰 발걸음으로 가버렸다. 나는 그가 지적한 나의 행색을 새삼스러운 눈길이 되어 한동안 살펴보았다. 그리고 잠자코 고개를 끄덕였다. 미쳤는지도 모르지. 만약 미쳤다는 것에, 오래 익숙했던 감각이나 감성, 인식이나 미의식 따위가 넝마처럼 갈기갈기 찢어지고, 새로운 것들은 아직 모습을 드러내지 않은 혼란스러운 상태를 포함할 수 있다면 나는 분명히 미쳤다.

어쩌면 우연하게 신문에서 본 불교 성지순례라는 여행사의 패키지 상품에 묻어 인도에 오고 그렇게 우연하게 바라나시에 있는 갠지스 강의 화장터를 찾았을 때부터, 나는 이미 미쳤던 것인지도 모른다. 그리고 패키지의 일정에서 벗어나 리시케시에서 강고뜨리, 바드리나트며 라다크를 거쳐 네팔까지 히말라야 일대를 헤매고 다닐 때에는 미친 상태가 더욱 깊어졌던 것인지도 모른다.

국민소득 몇백 달러 내외의 후진국들 대부분이 그렇듯이 인도 또한 도시나 농촌을 불구하고 어디를 가거나 먼저 눈에 뜨이는 것은 헐벗고 굶주려 황폐해진 풍경들뿐이었다. 당연하게, 나의 인도에 대한 첫인상은 불쾌감이나 혐오감 같은 부정적인 감정이 전부였다. 그런 나에게는 불교 성지순례마저 무더기로 달려드는 거지 떼며, 온갖 기기묘묘한 형태의 기형아들이 내미는 더러운 손, 손에 대한 기억뿐이었다. 바라나시의 강가에 있는 화장터를 찾기 전까지만 해도, 나는 여행 일정에서 하루라도 더 연장하고 싶은 마음은 추호도 없었다.

바라나시의 화장터에서는 시체 타는 냄새가 갠지스 강에서 부는 바람을 타고 역하게 퍼지고 있었다. 그런 화장터의 한 곳에 우연하게 눈길이 머물렀다. 이제 막 불길이 잦아드는 장작더미 위에서 시체 한 구가 무슨 통구이처럼 한껏 오그라들고 있었다. 처음에는 인도식 화장이라는 것도 무슨 시체 모독으로밖에는 여겨지지 않아서 치미는 혐오감과 함께 그만 자리를 뜰 생각이었다.

그때 통구이 같은 시체가 불길 속에서 갑자기 뻥, 소리를 내며 터져났다. 불길에 팽창되던 시체의 배 부분에서 가스가 차오르다가 마침내 풍선처럼 터진 모양이었다. 내장 따위 오물들이 역한 냄새와 함께 주변을 덮치자 사람들 사이에 가벼운 소란이 일어났다. 오물을 뒤집어쓴 관광객 중에는 구토를 하는가 하면 심지어 기절을 하는 이도 있었다. 나는 두 눈을 크게 뜬 채, 꿀꺽 마른 침을 삼켰다. 그리고 자신의 어떤 것들이 시체와 함께 뻥, 소리를 내며 터지는 것을 분명하게 들었다. 그런 나에게는 눈앞에 펼쳐진 장면 자체가 상쾌하다 못해 아름답게까지 여겨지는 것이었다.

인부들은 흡사 땀이라도 훔치듯 범상한 동작으로 스윽 얼굴에 묻은 오물을 훔치더니, 저마다 긴 막대기로 휘둘러 이리저리 시체를 뒹굴렸다. 시체의 머리와 몸통 부분이 나누어지자, 한 인부가 힘껏 막대기를 휘둘러 머리통을 후려쳤다. 인부의 막대기 끝에서 머리통이 날아올라 공중에 긴 포물선을 이루다가 이윽고 강의 표면에 닿아 풍덩 소리를 내며 강물로 빠져드는 것을 나는 두 눈을 크게 뜬 채 지켜보았다. 흡사 무슨 긴 꿈이라도 꾸는 것처럼 더딘 슬로우 모션으로 전개되는 장면에 겹쳐, 나는 이번에도 자신의 어떤 것들이 머리통과 함께 갠지스 강에 처박히는 것을 분명하게 보았다. 나로서는 이번에 눈앞에 펼쳐진 장면 또한 자칫 경련이 일어날 만큼 상쾌하고 아름다웠다.

돌이켜보면, 머리통과 함께 갠지스 강에 처박힌 어떤 것들은 지금까지 자신이 삶의 기둥이라고 믿어왔던 선과 악, 안과 밖, 아름다움과 추악함 같은 이분법의 잣대였는지도 몰랐다. 어둠과 밝음, 동지와 적, 추위와 더위, 과거와 미래, 사랑과 증오, 쾌감과 고통, 도덕과 반도덕, 윤리와 패륜, 삶과 죽음…… 세상이며 사물을 재던 이분법의 잣대며 그 잣대가 만들어낸 감각과 감성, 인식이며 미의식 따위도 함께 처박혀버렸는지도 몰랐다.

바라나시의 화장터에서 겪은 변화를 나는 더 이상 중언부언 설명할 수가 없다. 그렇듯이 나는 추악한 시체 모독의 장면이 왜 그토록 상쾌하다 못해 아름답게 여겨졌는지도 또한 설명할 수가 없다. 다만 나는 그런 변화를 통해서 그동안 이분법의 잣대에서 단 한 번도 벗어나지 못했던 자신의 제한된 삶에 어떤 가능성이 열렸다는 것을 깨달았을 뿐이다.

가장 추악한 것이 가장 아름다운 것이 될 수도 있다, 가장 선한 것이 가장 악한 것이 될 수도 있으며, 고통이 쾌감이 될 수도 있으며, 죽음 자체가 삶이 될 수 있는가 하면, 삶 또한 그 자체로 죽음이 될 수도 있다. 공중에 긴 포물선을 이루다가 풍덩 소리를 내며 강물에 빠져드는 머리통과 함께 나에게 어떤 가능성이 열린 이상, 나는 그 가능성을 포기한 채 온전히 옛날의 이분법으로 돌아갈 수는 없었다.

사람들은 나의 지나치게 예민하다 싶은 이분법에 대하여 이해해주어야 한다. 그리고 그 이분법에 길들여졌던 감각과 감성, 인식이며 미의식 따위에 지나치게 예민한 나를 이해해주어야 한다. 그렇다. 내가 없는 서울에서는 아직도 이분법의 잣대로 만들어낸 소위 나의 분신들이 하루가 멀다고 신문이며, 텔레비전, 인터넷 같은 매스컴 매체들에서 쏟아지고 있을 것이다.

당신의 능력에 날개를 달아라, 당신의 비즈니스에 새로운 혁명이 몰려온다. 내 안에 숨 쉬는 젊음을 깨워라. 나는 믿는다, 내 안에 존재하는 젊음을. 내 승리 뒤에는 항상 또 하나의 젊음이 있다. 당신도 모르는 당신의 힘이 필요합니다. 아름다운 젊음으로 가는 길. 잘나가는 그녀들의 저녁 식사…… 저 무수한 이분법의 허구들이 아직도 쏟아지고 있을 곳으로 어떻게 돌아갈 수가 있으랴.

어떻게 보면 내가 불교 성지순례라는 여행사의 패키지 상품에 묻어 인도에 온 것은 결코 우연이 아닐지도 몰랐다. 이미 그 무렵부터 나는 자신이 카피해낸 작품들에서 이분법의 허구를 발견했었는지도 몰랐다. 소위 광고의 꽃이라고 불리는 카피의 허구들, 삶의 안쪽이 아니라 삶의 바깥에서 슬쩍슬쩍 얇은 피부만을 간지럽게 자극하는 허구들. 그리하여 결국은 나 자신은 물론 고객들까지 함께 바닥이 어딘지 모를 욕망 속으로 함몰시키는 허구들. 아아, 나는 단 한 번이라도 허구가 아닌 생생한 삶의 목소리와 숨결을 느끼고 싶다. 언제부터인가 나는 하루에도 몇 번씩이나 자신이 카피해낸 허구에 대하여 치를 떨며 증오했을 것이었다.

군청색이 더욱 짙은 암청색으로 바뀐 밤하늘에서 와르르, 와르르, 쏟아지는 별 떨기들의 세례를 받으며 마낭에 다다랐을 때에는, 마을에는 뜻밖에도 엄청난 숫자의 서양인들이 넘쳐나고 있었다. 그런가 하면 마을 중심부의 광장에서는 함성과 함께 이제 막 화톳불이 치솟는 중이었다. 나는 전혀 예상치 못했던 훤소한 풍경에 잠시 당황한 마음이 되어 흡사 축제라도 벌어진 듯한 마을을 둘러보았다.

서양인들은 대부분이 프랑스의 무슨 환경단체 회원들로 마을 사람들과 함께 며칠 전부터 환경 관련된 행사를 하는 모양이었다. 나는 그들이 벌인 행사를 쉽게 인정했다. 마낭은 히말라야 일대의 티베트 문화권 중에서도 가장 오지에 속하는 곳이었다. 그런 오지답게 마을 여기저기에 산재한 마니단이며, 마니바퀴며, 벽화며, 곰파 들이 천년이라는 시간을 푸른곰팡이처럼 덧씌운 채 어디에서든 싱그럽게 살아있었다.

나는 프랑스 인들이 벌인 축제 분위기 속에서 좁은 골목들을 비집고 다니며 방을 구했다. 그러나 집집마다 프랑스 인들이 넘쳐나다 보니 롯지라고 부르는 여관은 물론 가정집마저도 빈방이 남아있을 리가 없었다. 처음에는 마낭 입구에서 만난 갈색 눈동자처럼 나의 차림 때문에 롯지 주인들이 자칫 나를 기피하는 것으로 착각을 했다.

기실 언제부터인가 롯지나 호텔에 가면 손을 저으며 나를 거절하는 주인들을 심심치 않게 만나고는 했다. 대부분 '방이 없다'는 것이 거절하는 이유였지만, 보다 솔직한 주인들은 '우리 호텔은 고급이다' 는 이유를 댔다. 이를테면 나에게 문제가 없지 않았던 것이다. 바라나시의 화장터 다음에 히말라야를 돌아다니면서, 나는 차림이며 형색에 전혀 무관심해져 있었다. 언제 빨았는지 모를 낡고 더러운 입성은 물론 머리칼이며, 수염조차 깎지 않은 봉두난발 형색이었다. 언제부터인가 그토록 극성맞은 거지들도 나에게 더 이상 손을 내밀지 않았는데, 어쩌면 나의 차림이나 형색에서 동류의식을 느낀 것인지 몰랐다.

밤이 꽤 이슥해질 무렵 다시 퍼붓기 시작한 눈발을 헤매고 다니며 나는 거의 목이 메다시피 안타까운 소리로 방을 구걸했지만 그런 나를 누구 한 사람 거들떠보지 않았다. 내가 방을 구걸하러 다니는 사이에, 마을의 광장에서는 여전히 타오르는 화톳불과 함께 왁자지껄 흥겨운 웃음소리가 이어졌다. 마을 변두리에 있는 어느 집 문을 두드렸던가, 젊은 아낙네가 문틈으로 내다보다 말고 아직도 눈발이 퍼붓고 있는 캄캄한 하늘 한 곳을 가리켰다.

"탱기."

"……?"

내가 미처 젊은 아낙네의 말을 이해하지 못한 채 멀뚱하게 서 있자 아예 문을 밀치고 밖으로 나오더니 손짓으로 캄캄한 골목길을 가리켰다.

"탱기."

젊은 아낙네는 그 말을 남기고는 재빨리 안으로 들어가 문을 닫아버렸다. 나는 그때에야 그녀가 가리켜 보인 곳이 마낭에서 좀 더 올라간 또 다른 마을일 것이라고 짐작했다. 나는 할 수 없이 그녀가 가리킨 골목으로 접어들었다. 그리고 여전히 눈발이 퍼붓는 어둠 속에서 더듬거리며 골목길을 걸어갔다.

마을이 끝나자 이내 가파른 산길이 이어졌다. 눈이 무릎께까지 푹푹 빠지는 산길은 이미 눈 속에 자취를 감추어버려 자칫 허방을 짚고 나뒹굴기 일쑤였다. 얼마를 죽을 둥 살 둥 허우적거렸을까, 불현듯 뒤에서 무슨 소리가 들린다 싶자, 누군가가 손으로 어깨를 건드렸다.

"헤이."

돌아보니 얼굴이 죄다 털북숭이다 싶은 구레나룻의 사내가 바로 코앞에서 나를 지켜보고 있었다. 네팔 인답지 않게 우람한 체구의 사내를 올려다보며 나는 안나푸르나 트레킹에 나선 이후 까마득히 잊고 있던 주의사항을 떠올렸다. 안나푸르나 동쪽은 이따금 산적이 출몰하는 지역이므로 반드시 몇 사람이 일행을 이루어 다닐 것, 될 수 있으면 믿을 수 있는 가이드를 동반할 것. 사내가 산적일지도 모른다고 여기자 불현듯 머릿속이 텅 비는 느낌이었다. 내가 거의 얼이 빠져있는데, 사내가 난데없이 씨익, 애교스럽게 웃어 보였다. 그리고 서툰 영어 발음으로 물었다.

"룸, 오케이?"

하마터면 나는 애교스럽게 웃는 털북숭이 사내의 면상을 후려칠 뻔 했다. 사내의 웃음이 무슨 저질 코미디처럼 여겨져서 그만 견딜 수 없는 마음이었다. 그러나 사내의 면상을 후려치는 대신에 황급히 대답했다.

"예스, 룸."

사내는 다시 한 번 씨익, 웃더니 다짜고짜 나의 등에서 배낭을 벗겨 한쪽 어깨에 걸치고는 앞장을 섰다. 산길을 몇 번인가 에돈다 싶자, 눈발 속에서 두어 점 불빛이 있는 듯 없는 듯 희미하게 깜박였고, 사내가 나를 돌아보았다.

"탱기."

사내는 초르텐이며 마니단이 거대한 눈사람이 되어 무슨 사열이라도 하는 듯한 탱기 마을 어귀를 지나고, 골목길을 지나쳐서 마침내 마을이 끝나는 산모롱이의 외딴집 앞에서 걸음을 멈추었다. 히말라야 일대의 집들이 대부분 그렇듯이 아래층을 야크나 당나귀 따위의 마구간으로 사용하고 위층에서 사람이 기거하는 흙벽돌집이었다. 마구간이 휑뎅그렁한 것으로 보아 야크나 당나귀 같은 가축은 없는 모양이었다. 사내가 온몸을 흔들어 눈을 턴 다음에 팔뚝만 한 나무를 아무렇게나 걸쳐놓은 계단을 타고 오르자 계단은 금방이라도 무너질 듯 요란하게 삐걱거리는 소리를 냈다.

사내가 문을 열고 들어간 지 얼마 안 되어 이윽고 방에 호롱불이 켜졌다. 내가 사내를 따라 계단을 오르자, 나뭇가지들을 얼기설기 엮어 지붕을 얹고 허술하게 흙벽을 바른 움막 같은 방 안이 한눈에 들어왔다. 해발 4천 미터 남짓 되는 식물생존한계선 근방의 히말라야 기슭에 있는 여느 마을이든 빈한한 살림살이 정경이 대부분이지만, 그중에서도 사내의 방은 남루한 꼴이 눈에 밟히게 역력하였다. 호롱불이 희미하게 밝혀주는 방 안은 이렇다 할 세간도 없이 천정이고 벽이며 할 것 없이 어디에나 시커먼 그을음투성인데, 방 가운데에는 반절쯤 깨진 항아리에 담긴 땔나무 두어 개가 다 타서 깜부기불이 되어 있었다. 아마도 깨져서 길가에 버려진 항아리를 주어다가 난로 대용으로 쓰고 있을 터였다.

나는 깨진 항아리를 보듬고 까부라지듯 앉아있는 노파를 뒤늦게 발견했다. 호롱불의 불빛이 너무 희미해서일까, 나는 노파를 사람이라기보다는 함부로 던져놓은 무슨 넝마나 이불덩이로 보아 넘길 뻔했다. 아무래도 낌새가 달라서 다시 살펴보니 노파라는 식이었다. 얼핏 칠순은 넘어 보이는 노파는 다시 보아도 어쩐지 살아서 숨 쉬는 생명체라기보다는 흡사 방 안에 가득한 그을음투성이나 다 타고 재만 남은 나무때기가 영락없이 어울리는 분위기였다. 그런 노파의 온통 소나무 껍질 같은 주름투성이 얼굴이 나를 올려다보고 있었다.

노파의 주름은 어찌나 골이 많고 깊던지 양쪽의 광대뼈를 타고 흘러내리다가 입술 끝에서 두 개의 심술보를 혹처럼 매달고 있어서 하릴없이 마귀할멈 형용이었다. 더군다나 눈동자가 담겨 있을 눈구멍조차 주름에 가려져 있었는데, 숫제 눈동자가 보이지 않아 얼굴에 괴이함을 더했다.

노파의 주름투성이 얼굴을 마주 보며 나는 순간적으로 히말라야에서 마주친 티베트 인들의 생사관을 떠올렸다. 그들에게 죽음이란 다 써서 넝마처럼 해진 헌 옷을 벗어던지고 새 옷으로 갈아입는 짧은 순간의 공백 상태라는 것이었다. 이따금 티베트 인들의 마을에서 목격한 장례식에서는, 불고 두드리는 전통 민속 악기들로 빠르고 흥겨운 연주를 하여, 자칫 무슨 즐겁고 요란한 잔치판에라도 온 것처럼 여겨지고는 했다. 이를테면 그들에게 있어서 죽음이란 슬퍼하거나 애달파해야 할 대상이 아니라 오히려 기꺼워하고 즐거워하며 맞이해야 할 새로운 세상이었다.

나는 눈앞에 있는 노파의 오래 써서 해어질 대로 해어진 헌 옷을 바라보며, 저 헌 옷이야말로 정말로 새 옷이 필요하겠다고 얼핏 생각했다. 그러나 노파가 헌 옷을 벗는다고 반드시 새 옷을 입을 수는 있는 것일까, 하는 엉뚱한 상상도 없지 않았다. 나의 상상으로는 노파에게 있어서만은 헌 옷이 새 옷으로 바뀌는 일은 어쩐지 불가능할 것처럼 여겨지는 것이었다. 어쩌면 주름투성이의 마귀할멈 같은 얼굴이 너무 심술궂고 괴이쩍게 여겨진 나머지 그런 상상이 든 것인지도 몰랐다.

"마마."

사내가 내 시선을 느꼈는지, 턱짓으로 노파를 신칙했다. 집 안 어디에도 젊은 여자의 살뜰한 손길이 스친 곳이 없이, 가족이라고는 노총각이거나 아니면 홀아비일 것이 분명한 사내와 이미 움직일 기력도 없이 몸뚱어리가 까부라져 헌 옷을 벗을 때가 다 된 노파, 두 식구가 다인 셈이었다.

사내는 방 한구석에서 나무때기 한 개를 꺼내와 깨진 항아리에 넣더니 익숙한 솜씨로 후우, 후우, 입으로 불어 금방 불길을 만들어냈다. 이윽고 사내가 나를 돌아보며 씨익, 애교스러운 웃음과 함께 자신의 옆자리를 손짓했다. 내가 사내 옆으로 가 자리를 잡고 앉자, 사내가 이번에는 손짓으로 숟가락질하는 시늉을 해 보였다.

"달밧?"

달밧이란 주로 밀떡이나 쌀밥에 걸쭉한 녹두 볶음을 섞어 먹는 네팔식 음식을 이르는 말이었다. 저녁을 걸렀음에도 불구하고 전혀 시장기가 느껴지지 않았다. 어쩌면 사내가 밤 깊은 시간에 꼼지락거리며 만들 것이 분명한 달을 먹을 염두가 일어나지 않았는지도 몰랐다. 내가 고개를 젓자 사내가 못내 아쉬운 표정이더니 손짓 몸짓과 함께 서툰 영어를 해왔다.

"찹찹, 베리, 굿."

엄지손가락을 내미는 사내의 몸짓에 나는 하마터면 코웃음 소리라도 낼 뻔하였다. 어쩌면 사내에게는 나야말로 오랜만에 걸려든 무슨 호구에 불과할지도 몰랐다. 기실 나는 사내를 따라 삐걱거리는 계단을 오르면서부터 이런 움막 같은 집에서 민박을 시키려고 손님을 부른 것 자체가 그만 뻔뻔스럽게 여겨지던 참이었다. 방을 구하지 못한 나머지 자칫 한뎃잠을 잘지도 모를 지경에서 나를 구해준 것이야 고맙지만, 구태여 사내를 위해 달밧을 꾸역꾸역 먹고 싶지는 않았다.

사내와 내가 하는 양을 잠자코 지켜보고 있던 노파가 마치 입안의 소리라도 하듯이 사내에게 뭐라고 웅얼거렸고, 사내가 마뜩잖은 표정으로 망설이는 기색이었다. 노파와 사내 사이에 한동안 내가 전혀 알아들을 수 없는 웅얼거림이 오갔다. 내가 눈치챌 수 있는 것은 노파가 사내에게 뭔가를 요구하고 사내가 이를 주저한다는 정도였다. 둘의 수작을 지켜보며, 하룻밤 밤이슬을 피하고자 외딴집에 든 나그네를 죽이기 위하여 집주인 부부가 궁리한다는 우리의 옛날이야기가 얼핏 뇌리에 떠올랐다. 이야기대로라면 사내는 머지않아 내가 잠들기를 기다리며 밖에 나가 쓱싹쓱싹 숫돌에 칼을 갈 것이었다.

사내가 힐끔 나를 쳐다보더니 가죽 재킷의 호주머니에서 뭔가를 꺼냈다. 그것은 나이프처럼 접었다 폈다 할 수 있는 손칼이었다. 사내가 손칼을 펴더니 자리에서 벌떡 일어났고, 나는 덜컥, 심장이 멈추는 기분이었다. 내가 그만 얼이 빠져있는 사이에, 사내는 바로 머리 위의 천장에서 아래로 길게 늘어진 시커먼 걸레 같은 것을 한 손으로 잡고, 손칼로 스윽, 한칼 잘라냈다. 그리고 잘라낸 밤톨만 한 조각을 나에게 불쑥 내밀었다.

"……?"

내가 미처 사내의 뜻을 알지 못하여 받기를 머뭇거리자 사내가 말했다.

"야크."

사내가 먹으라는 시늉을 해 보였다. 그때서야 나는 비로소 사내의 뜻을 헤아릴 수 있었다. 내가 걸레라고 여겼던 것은 바로 야크를 건조한 것이었다. 히말라야 기슭의 티베트인들은 해마다 초가을이 되면 이듬해 늦은 봄까지 긴 겨울을 견뎌낼 식량을 미리 준비하는데, 그런 월동 준비에서 빠지지 않는 것이 바로 야크였다. 사정이 넉넉한 집에서는 한 마리를, 그렇지 않은 집에서는 몇 집이 합쳐서 한 마리를 나눈다는 것이었다. 이렇게 준비한 야크는 겨울 동안 난로 위에서 건조해 일종의 훈제로 만들어 보관하고 있었다.

나는 아직도 야크 조각을 내밀고 있는 사내에게 고개를 저어 보였다. 나의 뜻을 헤아린 사내가 노파에게 뭐라고 투덜거렸고, 이번에는 노파도 더 이상 채근하지 않았다. 모르기는 해도 사내가 투덜거린 것은 '그것 봐라, 안 먹지 않느냐' 는 내용일 것이었다.

나로서는 심술궂고 괴이쩍은 마귀할멈으로밖에는 여겨지지 않던 노파가 나에게 보여준 밤톨만 한 호의가 무슨 커다란 바윗덩이처럼 가슴을 짓눌러왔지만, 그렇다고 덥석 받아들일 수는 없었다.

"고맙지만, 나는 육식을 안 해요."

나는 사내는 물론 노파가 알아듣지 못할 것을 알면서도 굳이 변명했다.

바라나시를 떠나 히말라야 기슭을 헤매면서, 내가 주로 머문 곳은 아쉬람이라고 불리는 힌두사원이거나 요가니케탄 같은 종교적인 숙소들이었다. 그러다 보니 채식만 하게 되어 자연스럽게 육식에서 멀어지게 된 것이었다. 희한한 것은 그렇게 육식을 멀리한 지 불과 네댓 달이 안 되는 사이에, 어쩌다 저잣거리에서 고기 냄새를 맡으면 자신도 모르게 욕지기가 치밀어 오른다는 사실이었다.

내가 구태여 힌두사원이나 요가니케탄을 찾아다니고, 육식까지 멀리하게 된 것은 바라나시 화장터에서 겪은 변화와 무관하지 않을지도 몰랐다. 이분법의 잣대에 의해 길든 옛날의 감각이며 감성, 인식이나 미의식 따위는 넝마 조각처럼 해져버리고 그 자리를 대신할 새로운 것들은 전혀 모습을 드러내지 않는 혼란스러운 암중모색의 상태에서, 내가 어떤 가능성을 발견한 것은 자신이 지금껏 한 번도 경험해보지 않았던 것들에서였다.

맨 처음에 내가 발견한 어떤 가능성은 이를테면 걷는 일에 대한 것일 수도 있었다. 언제부터인가 나는 자신도 미처 모르는 사이에 걷는 일에 몰두하고 있었다. 흡사 걷는 것만이 나에게 남은 유일

한 일인 것처럼 나는 걷고 또 걸었다. 이름 모를 롯지에서 아침에 눈을 뜨면 배낭을 메고 길을 나선다, 그리하여 걷고 또 걷는다. 나의 옆으로 지나치는 것은 어디를 가나 엇비슷한 히말라야의 잿빛 풍경이거나 급하게 흘러가는 강물이다. 그렇게 걷다 보면 마침내 해가 지고, 또다시 이름 모를 롯지에 들어 삐걱거리는 침대에 몸을 던진다. 롯지의 침대에서 아침에 눈을 떠서 저녁에 다시 롯지를 찾아 침대에 몸을 눕힐 때까지 걷고 또 걷는 하루하루가 계속되다 보니, 언제부터인가 지나치는 히말라야의 산이나 강, 이국적인 거리의 풍경 따위는 더 이상의 어떠한 흥취도 없이 전혀 무의미하게 스쳐 가고는 했다.

아니, 무의미해진 것은 지나치는 풍경 따위만이 아니었다. 나의 뇌리 안에서 떠올랐다가 사라지는 갖가지 상념들 또한 무의미하기는 마찬가지였다. 나의 뇌리에 떠올랐다가 금방 사라져버린 상념이 무엇이었는지조차 모를 만큼, 그것들은 전혀 무의미하게 떠올랐다가 사라지고는 했다. 그렇게 걷는 일에 몰두하기 시작하면서부터 언제부터인가 나의 감각이나 감성 혹은 사물에 대한 인식이며 미의식 같은 것들도 함께 무의미해졌다.

나를 바라보는 사람들의 시선, 혹은 내 살갗이 느끼는 추위나 더위, 굶주린 끝에 허겁지겁 목구멍으로 넘기는 음식의 맛이며 물 한 잔 따위도, 그저 가볍게 스쳐 지나갈 뿐 나의 어떤 감각이나 감성을 자극하는 일도 사라져버렸다. 어쩌다가 문득문득, 그런 내가 마치 안과 밖이 함께 텅텅 빈 하나의 공간처럼 여겨지는 일도 없지 않았는데, 그렇게 자신이 텅 빈 공간처럼 여겨지면, 지금 걸어가고 있는 것은 자신이 아니라 전혀 낯선 허깨비 같기도 했다.

그런 어느 순간에 나는 무슨 허깨비처럼 허우적허우적 걸어가는 이 단순 반복의 행위가 점차 나의 바깥이 아니라 뭔가 나의 안으로 들어가는 일종의 문이라는 것을 깨달았다. 저 카피의 허구로 가득 찬 바깥이 아니라 좀 더 풍요롭고 기름진 것들이 기다리는 저 안의 세계가 지금 걸어가는 단순 반복적인 행위 저편에서 나를 향해 빼꼼 문을 열고 있는 것이었다. 그렇다. 저 문만 열고 들어서면 지금까지 내가 몰랐던 또 다른 세계, 이를테면 선과 악이며, 안과 밖, 아름다움과 추악함, 삶과 죽음이 둘로 나누어지는 것이 아니라 아무런 갈등도 없이 자연스럽게 하나가 되는 세계가 나를 기다릴 것이다.

인도에 오기 전까지만 해도 나는 자신이 걷는 일 같이 무의미한 단순 반복적인 행위 따위에 익숙해지리라고는 단 한 번도 생각해본 적이 없었다. 이중의 잣대가 정해주는 제도적인 범위 안에서 조그만 일탈도 꿈꾸지 않은 채, 나는 더 어떠한 불만도 없이 주어진 조건에 순응해왔다. 지루하지만 편안한 일상에 만족하며, 때로 삶이 무슨 허방을 밟는 것처럼 위태하게 느껴질 때는 술이나 여자로 무마하며 소위 '남들처럼' 무난하게 살아왔다. 그런 내가 엉뚱하게도 단순 반복적인 무의미한 행위 안에서 어떤 가능성을 찾게 된 것이었다.

털북숭이 사내가 나에게 권한 방은 바로 계단 옆에 본채에 잇대어 지은 듯 헛간 비슷한 방이었다. 나는 이런 방에다 사람을 재우려 한 사내가 다시 한 번 뻔뻔스럽게 여겨졌지만, 잠자코 나무침대에 자리를 깔고 누웠다. 그러자 조악하게 다듬어 아귀가 맞지 않는 나무 문짝 사이로 기다렸다는 듯이 눈보라가 몰려들었다. 나는 사내가 무슨 인심이라도 쓰듯이 던져 넣어준 담요를 뒤집어쓰고 한껏 새우등을 한 채 잠이 들었다. 그리고 꿈속에서 어쩔 수 없이 사내와 노파가 번갈아 숫돌에 칼을 가는 소리를 들으며 전전긍긍했다.

아침에 방문을 열고 나오자 거짓말처럼 눈이 그치고 히말라야 특유의 맑은 청잣빛 하늘이 펼쳐져 있었다. 나는 아직도 귀에 남아 있는 사내와 노파의 숫돌에 칼 가는 소리를 떨치며 둘에게 작별 인사를 했다. 그러자 노파가 불편한 몸짓으로 기다시피 방문 밖으로 나오면서 나를 한 손으로 손짓해 불렀다. 내가 다가가자 주먹을 쥔 나머지 손을 내밀었다.

노파의 손에는 지난밤에 사내가 손칼로 썰어서 나에게 권했던 야크 조각이 들려 있었다. 내가 얼핏 손을 내밀지 못하고 노파를 내려다보자 노파가 고개를 들어 나를 올려다보았다. 그리고 바로 그때 나는 처음으로 주름에 가려져 있던 눈구멍을 뚫고 나온 노파의 눈동자를 보았다. 노파의 눈동자를 보는 순간 나는 어떤 충격으로 인해 부르르, 몸을 떨었다. 흡사 세상의 이떤 때도 묻지 않은 어린아이의 것이 그러리라 싶은 맑게 빛나는 눈동자가 빤히 나를 올려다보는 중이었다. 아아, 아무리 보아도 마귀할멈 형용에 흡사

한 노파에게 어떻게 저런 눈동자가 가능한 것일까.

나의 눈길은 자신도 모르는 사이에 노파의 눈동자에서 비켜났다. 그와 함께 나는 비로소 헌 옷을 벗고 새 옷을 입는다는 티베트인들의 생사관을 십분 이해할 수 있는 기분이었다. 모르기는 해도 노파의 눈동자만큼은 벌써 새 옷을 입은 것이 틀림없으리라. 노파에게서 야크 조각을 받는 나의 손길은 어쩔 수 없이 가볍게 떨리고 있었다.

마을 어귀를 벗어나자 완만한 비탈길이 이어지면서 능선에 쌓인 눈들이 아침 햇살에 순금으로 반짝이고 있었다. 나는 젊은 아낙네의 푸짐한 육덕처럼 곱게 이어지는 능선을 좇다 말고, 문득 손에 들고 있던 야크 조각을 내려다보았다. 그리고 잠자코 입에 넣었다. 그러자 아무런 까닭도 없이 눈에 가득 눈물이 고이는 것이었다.

눈물은 이내 볼을 타고 흘러내렸다. 나는 그렇게 소리 없이 울면서 야크 조각을 씹기 시작했다. 그와 함께 어쩌면 이제는 저 카피의 세계, 이분법의 허구가 만들어낸 세계로 돌아갈 때가 되었는지도 모른다고 생각했다. 그리하여 누구도 아닌 나 자신의 생생한 모습과 정면 대결을 할 때가 되었는지도 모른다고 생각했다.

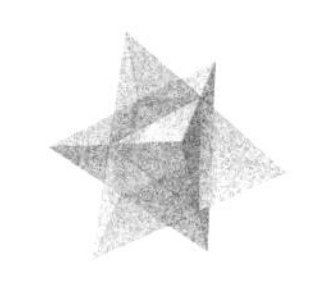

동백섬

부웅, 부우웅.

연안 여객선은 뱃고동 소리와 함께 저 멀리 등대를 에돌아 수평선 너머로 사라져버렸다. 내가 잠시 여객선의 뒷모습을 바라는 동안에, 함께 배에서 내렸던 승객들도 거짓말처럼 선착장에서 자취를 감추어버렸다. 모르기는 해도 선착장 곁에 줄지어 선 낮은 지붕들 사이 좁은 골목길로 서둘러 스며들었을 것이었다.

이제 선착장에는 온전하게 나만이 남은 셈이었다. 나는 그렇게 한겨울의 바닷바람만이 간단없이 휘몰아치는 낯선 섬의 낯선 선착장에서, 조금 전에 황홀하게 나를 홀렸던 그 붉은 색감을 환상처럼 다시 떠올렸다.

정오 무렵 여수항을 떠난 연안 여객선은 인근의 섬이란 섬마다 모두 거치며 천천히 내해를 지나갔다. 여객선의 좌우로는 김이며 미역, 굴이며 홍합 따위를 키우는 양식장의 부표들이 흡사 군대의 사열식처럼 열을 맞추어 끝 간 데 없이 펼쳐져 있었고, 그 사이사이에 가깝고 먼 섬들에서는 보리밭이며 마늘밭 들이 밝게 쏟아지는 겨울 햇살 아래 푸르게 반짝였다.

내해의 이국적이면서 아름다운 풍광들마저도 나는 어쩔 수 없이 데면데면한 시선으로 지나쳐 보냈다. 돌이켜보면 동해안을 거쳐 남해안에 이르기까지 보름 가까이 헤매고 다니는 동안 수없이 만난 아름다운 풍광들을 나는 단 한 번도 제대로 받아들인 적이 없이 데면데면 흘려보냈을 터이었다. 어쩌면 나는 그 풍광들의 그 어느 하나에도 제대로 시선이 머물 여유조차 없었던 것인지도 몰랐다.

연안 여객선이 해찰이라도 하듯이 내해의 여러 섬들을 들르다가 이윽고 사방이 수평선으로 둘러싸인 난바다에 접어든 다음이었다. 여객선이 차츰 거세지는 파도를 헤치며 너울너울 두어 시간을 좋이 달렸을까, 선실의 장판 바닥에 누워 잠깐 졸린 눈을 붙였을 때, 문득 길게 뱃고동 소리가 울렸다.

뱃고동 소리가 울리는 것과 동시에 여객선의 속도가 줄어들자, 승객 중의 몇몇이 선잠이 깬 얼굴로 기지개를 켜며 저마다 내릴 준비를 했다. 낚시 장비를 둘러맨 사십 대의 건장한 사내 두 명과 주로 섬들을 오가는 장사꾼인 듯 커다란 짐보따리를 이고 진 중년의 아낙네들, 그리고 어쩐지 여객선 선실 안의 풍경과는 걸맞지 않다 싶은 밍크코트 차림의 젊은 여자가 선실 문을 나섰다. 나도 덩달아 그들을 뒤따랐다. 나로서는 여수항에서 연안 여객선의 종착지로 가는 배표를 끊은 터였지만, 구태여 어디라고 딱히 목적을 정한 것도 아니어서 무심코 그들을 뒤따라 선실 문을 나섰을 것이었다.

"어어."

갑판에 나선 나는 자신도 미처 모르는 사이에 숨을 멈추며 주춤, 한 걸음 뒤로 물러섰다. 나를 물러서게 한 것은 바로 정면으로 나를 향해 덮쳐오는 엄청난 크기의 붉은 색감이었다. 속도를 줄인 여객선이 천천히 다가설수록 붉은 색감은 더욱 크고 짙어지며 나의 시야를 가득히 덮쳐오고 있었다. 그렇게 붉은 색감은 나의 시야가 아니라 숫제 온몸으로 덮쳐오는 느낌이었다.

그때 내 앞에 있던 장사꾼 아낙네 중 한 사람이 손을 들어 예의 붉은 색감을 가리키며 소리를 질렀다.

"오메, 저거이 뭐이다요?"

필시 초행인 듯싶은 아낙네는 들뜬 목소리를 냈고, 기다렸다는 듯이 다른 아낙네가 말을 받았다.

"잉, 동백이여."

"아니, 뭔 놈의 동백이 저로코롬 징하게 이뻐다요?"

"하문, 징하게 이삐제, 이삐고 말고. 긍께 저놈의 동백이 이 섬의 명물이여. 그래갖고 여그 섬도 이름이 동백섬이 돼야 뿌렀어."

"오메, 여그서는 동백이 이로코롬 추운 엄동설한에도 저라고 모냥 좋게 지천으로 꽃을 피야뿌요잉."

"하문, 이라고 추운 엄동설한에도 저라고 이삐게 피어낭께 징하제 달리 징한가."

아낙네들의 문답을 들으며 나는 비로소 예의 붉은 색감이 동백꽃 무더기로 이루어진 작은 섬이라는 것을 알았다. 그렇게 붉은 색감의 정체를 알고 난 후에도, 나는 여전히 거기에서 시선을 돌리지 못하고 있었다. 검푸른 겨울 바다 위에서 온통 동백꽃 일색으로 흡사 한 송이 거대한 붉은 꽃처럼 두둥실 떠오른 동백섬은 차라리 요염하다 싶게 황홀한 자태를 뽐내며 나를 유혹하고 있었다. 나는 당장에라도 저 붉은 색감을 향하여 뱃머리에서 훌쩍 몸을 날리고 싶은 충동에 부르르 떨었다.

어이없게도 나는 자신의 두 눈에 눈물이 고이는 것을 느꼈다. 그러자 눈물은 기다렸다는 듯이 주르륵, 볼을 타고 흘러내렸다. 나는 눈물을 흘리는 한편으로, 어쩔 수 없이 실소했다. 그리고 광화문 근처의 버스 정류장에서 밤늦게 집으로 가는 버스를 기다리다가 문득 발길을 돌려 한달음에 서울역으로 달려가 야간열차에 올랐던 나의 출분(出奔)이 이제 끝머리에 다다랐다는 것을 깨달았다. 돌이켜보면 보름 가까이 이곳저곳을 헤매고 다니는 출분의 동안에, 나는 어쩌면 바로 이 순간을 기다린 것인지도 몰랐다.

속도를 줄인 여객선이 천천히 한 송이 거대한 꽃처럼 생긴 동백섬을 에돌았다. 그리고 동백섬을 멀지도 가깝지도 않은 딱 저만치 둔 선착장에 뱃머리를 들이밀었다. 그렇게 연락선이 선착장에 닿았을 때, 나는 이번에도 하선하는 승객들을 따라 주저 없이 배에서 내렸다.

내가 흡사 출분이라도 하듯이 서울을 떠난 것은 나이 마흔에 이르러서, 난데없이 죽고 싶다는 욕구에 시달린 끝이었다. 어쩌면 나는 자신도 미처 모르는 사이에 자신이 살아온 삶을 뒤돌아보아 버린 것인지도 몰랐다. 그래, 삶이란 뒤를 돌아보는 것 자체만으로도 마치 무거운 독에 깊이 중독이라도 된 것처럼 더 이상 견디기 힘들 수도 있다. 그리고 그런 식으로 돌아보는 삶이란 어디를 둘러보아도 추악함만이 가득하여 도저히 눈을 뜨고 바라볼 수가 없을 터이다.

붉은 색감은 검푸른 바다를 배경으로 한 송이 거대한 꽃처럼 두둥실 떠서 차츰 기우는 해를 등진 채, 여전히 황홀하게 나를 유혹하고 있었다.

'아아, 저 붉은 색감으로 들어갈 수만 있다면…….'

나는 한숨과 함께 나머지 말을 입안에서 굴렸다.

'아직 살아내지 않은 삶 따위는 기꺼이 던져버릴 수 있어.'

그렇게 입안에서 말을 굴리며 나는 이번에는 어떤 갈증이 목울대를 치밀어올라 입안 가득히 모래알처럼 서걱대는 것을 느꼈다.

나는 동백섬에 더 가까이 가기 위하여 천천히 선착장을 걸어 나왔다. 아니, 동백섬이라기보다는 동백섬이 흡사 신기루처럼 피워올린 한 송이 거대한 꽃, 바로 저 붉은 색감에 더 가까이 가기 위해서였을 것이었다. 어쩌면 나는 예의 붉은 색감에서 벌써 죽음의 그림자를 본 것인지도 몰랐다. 그랬다. 나를 향하여 난데없이 덮쳐온 붉은 색감은 애초부터 죽음의 그림자를 숨기고 있었을 것이었다. 그리하여 그 붉은 색감의 실체가 남해안 일대에 흔하디흔한 동백꽃이라는 사실을 알고 난 후에도 나에게 붉은 색감은 여전히 황홀한 유혹이 되었을 것이었다. 무릇 삶이라는 것이 어디를 둘러보아도 추악함 자체일 뿐인 자에게는 아름다움이란 흔히 죽음의 그림자를 거느리게 마련이다. 나이 마흔에 이르러, 지나온 삶은 물론이려니와 앞으로 살아낼 삶마저도 애오라지 추악함만으로 가득하게만 여겨지는 나 같은 자에게는 더군다나.

선착장을 뒤로 한 채 낮은 지붕 아래 식당이며, 슈퍼, 마트 따위 간판을 내건 점포들 사이로 이따금 수협이나 우체국 혹은 면사무소 같은 반듯한 건물들이 끼어 있는 작은 거리를 지나자 이윽고 동백섬으로 가까이 갈 수 있으리라 싶은 샛길이 나타났다. 샛길을 찾아들어 논밭을 지나고, 낮게 엎드린 작은 마을을 지나고, 모래 언덕을 지나며 그렇게 삼십여 분을 좋이 걸었을까, 마침내 나는 동백섬이 손에 닿을 듯이 마주 바라보이는 바닷가에 다다랐다.

나는 거의 동백꽃의 꽃잎이라도 헤아릴 수 있게 가까운 위치에서 예의 붉은 색감의 실체를 대했다. 그렇게 실체를 대하자 조금 전 연락선의 갑판이며 선착장에서 보았던 붉은 색감은 거짓말처럼 사라져버렸다. 대신에 나는 커다란 동산을 이루어 시야를 가득 채운 채 울울하게 서 있는 동백나무 군락만을 만날 수가 있었다. 아니 동백 숲만은 아니었다. 동백 숲 안에는 아름드리 동백나무에서 떨어져 붉은 융단처럼 바닥을 뒤덮고 있는 동백꽃들과 숲 전체를 맴돌고 있는 동백꽃들의 감미로운 향기를 맡을 수가 있었다.

"어리석은 짓을 하고 말았어."

나는 입 밖에 소리를 내어 중얼거렸다. 그리고 나는 잠자코 눈앞에 있는 붉은 색감의 실체에서 돌아섰다. 붉은 색감의 실체에서는 어디에서도 나를 그토록 갈증 나게 했던 죽음의 그림자는 찾을 수 없었다. 대신에 연락선 갑판에서 장사꾼 아낙네들이 쏟아내던 찬탄의 말, '징허게 이쁜 동백'만을 눈이 시리도록 보았을 뿐이었다.

갈증은 비단 붉은 색감에서부터 비롯된 것이 아닐지도 몰랐다. 어쩌면 그 갈증은 내가 광화문의 버스 정류장에서 집으로 가는 발길을 돌린 그 순간부터 비롯된 것인지도 몰랐다. 아니, 그 순간이 아니다. 어쩌면 언제인가 내가 자신에게서 벗어나고 싶다는 충동에 사로잡힌 순간부터 비롯된 것인지도 몰랐다.

갈증은 바로 그렇듯 틈만 있으면 나를 어딘가에 버리고 싶어 안달하던 순간부터 비롯되었을 것이었다. 무심코 까마득한 절벽 끝에 서면 나는 바로 그 절벽 아래 나를 버려버리고 싶었고, 눈 덮힌 골짜기에서는 바로 그 골짜기에 나를 버려버리고 싶었고, 도도히 흘러가는 황톳빛 강물을 만나면 바로 그 황톳빛 강물에 나를 버려버리고 싶었고, 심지어는 지리산 어느 절간의 똥통에서는 그 깊은 똥통에마저 나를 버려버리고 싶었다. 그런 식으로 나를 버려버리고 싶을 때마다 나는 입안에서 모래알처럼 서걱대는 갈증을 느꼈을 것이었다.

동백섬을 뒤로 한 채 발걸음을 옮기며, 나는 붉은 색감에 홀려 낯선 선착장에 발을 디딘 자체마저도 몹시 부끄러웠다. 어쩌면 붉은 색감 따위는 애초부터 존재하지 않았을지도 몰랐다. 그토록 나를 황홀하게 유혹하던 붉은 색감이란 저렇듯 모래알처럼 서걱대는 갈증이 만들어낸 한낱 신기루에 불과했을지도. 그럴 것이다. 그저 범상한 동백꽃이 황홀한 붉은 색감으로 변한 것은 자신의 추악한 삶에 절망한 자의 갈증이 빚어낸 신기루일 뿐이라는 것을 스스로 모를 리가 없다. 그런 신기루일 뿐이라는 것을 번연히 알면서도 나는 또다시 자신을 속였을 것이다.

내가 다시 선착장으로 돌아오자, 서쪽으로 많이 기울어진 겨울해가 선착장 앞바다에 길게 노을을 드리우고 있었다. 그리고 나는 또다시 예의 붉은 색감을 보았다. 붉은 색감은 검푸른 바다를 배경으로 두둥실, 한 송이 거대한 꽃으로 피어난 채 여전히 황홀하게 나를 유혹하고 있었다. 나는 눈길을 돌려 숫제 붉은 색감을 외면했다. 어쩌면 붉은 색감이란 나로서는 필생을 다해도 도저히 다가갈 수 없는 경계에 있는 어떤 절대적인 존재일지도 몰랐다.

나는 자신이 마치 더 이상 갈 곳이 없이 세상 끝까지 와버린 것처럼 망연한 기분이었다. 이제 막 저녁노을이 길게 그림자를 늘이고 있는 선착장 일대의 낯선 풍광을 나는 마치 꿈길에서라도 헤매듯이 깊고 어둑한 눈길로 지켜보았다. 선착장 한쪽의 버려진 듯 보이는 낡은 창고 건물 앞에는 언제부터인가 대여섯 명의 아이들이 바닷바람에 머리칼을 날리며 공놀이를 하고 있었고, 그 옆에는 늙은 어부 두어 명이 앉아 그물을 깁고 있었다. 마치 무성영화의 한 장면 같은 풍경의 한쪽에 얼핏 포장마차가 껴들었는데, 연통에서 잿빛 연기를 가늘게 뿜어내고 있었다.

내가 포장마차의 포장을 들치고 들어서자, 구레나룻이 무성한 사십 대의 사내가 난로에 연탄불을 지피다 말고 두 눈을 크게 떠 보았다. 사내로서는 필시 때아닌 겨울에 나타난 여행객이 눈에 설었을 것이었다.

"왜, 수상한 사람 같습니까?"

사내의 크게 뜬 눈에 내가 농담 비슷하게 맞서자,

"아녀라우, 그런 거이 아녀라우."

사내는 두 손까지 저으며 처음보다 더욱 큰 눈을 만들어 보였다. 그리고 말을 덧붙였다.

"이로코롬 짚은 시한에는 손님처럼 우리 섬을 찾는 분들이 흔허들 안헝께라우. 그래서 쬐깜 놀란 것뿐이제 딴 뜻은……."

사내의 말을 끊으며 내가 물었다.

"술 한잔해도 되지요?"

"하문이라우. 허제만 안주가 벨로 시원찮을 거인디."

나는 사내의 말을 따라 포장마차 위로 눈길을 돌렸다. 안주를 넣어두는 작은 유리 상자 속에는 얼핏 돼지고기며 닭고기만이 눈에 뜨일 뿐이었다. 나는 건성으로 유리 상자를 훑어보고는 사내에게 물었다.

"혹시 생선이나 굴 같은 해산물은 없어요?"

나의 물음이 끝나기가 무섭게 사내가 고개를 힘차게 저어 보였다.

"없어라우. 여그서야 갯것이나 비린 것은 집집마다 지천인디 누가 포장마차까장 나와서 일부로 먹을라고 할랍디여. 여그 같은 섬사람들은 모다 육것만을 찾지라우. 외식을 했다 하면 하다못해 이런 닭발이라도 육것을 찾다 봉께 안줏거리도 이 모냥으로 달랑 되야지괴기허고 닭괴기뿐이구만요."

"고기를 별로 즐기지 않아서 그런데, 미안하지만, 우선 소주나 한 병 주면 안 되겠소?"

오늘 첫 손님일 것이 분명한 나로서는 안주도 시키지 않는 것이 마음에 걸려서 어렵사리 운을 떼자, 사내가 흔쾌히 고개를 끄덕였다.

"손님이 미안할 거이 뭐이 있다요? 미안한 거이사 안주라고 육것만 달랑 내논 나가 됩데 미안하제라우."

사내가 묵은 김치와 함께 소주 한 병을 내놓았고, 나는 술을 따라 첫 잔을 입안 깊숙이 털어 넣었다. 그리고 미처 숨을 돌릴 사이도 없이 둘째 잔, 셋째 잔을 연거푸 마시자 입안 가득히 모래알처럼 서걱대던 갈증이 그제야 비로소 목울대 너머로 씻겨 내려가는 기분이었다. 그런 나를 힐끔거리던 사내가 내 앞으로 슬며시 멸치가 담긴 접시를 내밀었다.

"그라고 급하게 드시는 걸 봉께 손님이 술이 많이 고팠던 모냥이요잉. 여그 메루치가 좀 있는디, 이걸로라도 입가심하십서 천천히 드시요."

"고맙소."

사내가 준 멸치 한 마리를 씹다 말고, 내가 이번에는 사내에게 술잔을 내밀었다.

"다른 손님도 없는데, 한잔하시겠소?"

"손님이 주시는 것잉께, 성의로 딱 한 잔만 받지라우."

나에게서 잔을 건네받자 사내 역시 기다렸다는 듯이 단숨에 잔을 비웠고, 손등으로 쓰윽 구레나룻에 묻은 술 방울을 턴 다음에 나에게 잔을 건넸다. 내가 잔을 비우고 다시 사내에게 건네자, 성의로 딱 한 잔만 받겠다던 사내는 이번에도 잔을 거절하지 않았다.

"오메, 손님이 벨나서 그렁가, 이라고 안주 없이 묵는 맨술도 벨나게 맛나뿌요잉."

둘이서 서로 잔을 주고받는 사이에 쉽게 소주병이 비었고, 주는 대로 넙죽넙죽 잘도 받아마시던 사내가 어느 순간 비스듬한 눈길로 나를 건너다보았다.

"근디, 뭐시냐, 한 가지 에로운 질문해도 될께라우?"

사내에게 이미 허물없는 마음이 되었던 나는 잠자코 고개를 끄덕였다.

"뭐하시는 분인디, 하필이면 이 추운 게울에 요런 험한 디를 찾아왔다요?"

빠르게 올라오는 취기 탓이었을까, 나는 사내의 눈길에 맞서 역시 비스듬한 눈길로 사내를 건너다보았다.

"댁에서 보기에는 내가 뭐하는 사람 같소?"

"글쎄라우. 나가 보기에는 무신 장사를 허시는 분 같지도 않고, 그렇다고 무신 관광을 취미 삼아 다니시는 분 같지도 않고, 글타고 딱히 무신 일 땀시 온 것 같지도 않고, 분멩히 뭐신가 사연이 있는 분 같기는 헌디…… 솔직허게 말해서 이런 시한에 요런 디까장 찾아온 손님의 속내가 솔찬이 궁금하구만이라우."

나는 여전히 비스듬한 눈길로 사내를 건너다보며 포장마차 밖으로 필시 동백섬이 있을 방향을 턱짓해보였다.

"저기 동백섬에 홀려서 그만 나도 모르게 내려버렸소."

나의 말이 끝나기가 무섭게 사내가 환하게 웃었다.

"오메, 손님이 인자 봉께 겁나게 낭만파요잉. 시상에 무신 여자도 아니고 동백꽃 땜시 홀레서 여그를 와부렀다고라우? 허기사 여그서 자랑할 거이라고는 저 동백섬 배끼 없겄제만, 참말로 손님이 멋져뿌요."

나는 하릴없이 '겁나게' 낭만파가 되어 쓰게 웃었다.

"죽을 자리로도 그만입디다."

"예?"

"그 동백섬이 명당자리라고요."

"동백섬이, 긍께, 멩당자리라고라우?"

사내가 말뜻을 얼른 새기지 못해 긴가민가한 표정으로 내 눈치를 살폈고, 나는 사내의 눈길을 무시한 채 이번에는 하릴없이 '참말로 멋져뿐' 손님이 되어 입안 깊숙이 술잔을 털어 넣었다.

그때였다. 포장마차의 휘장이 열리더니, 바닷바람과 함께 난데없는 여자들이 몰려들었다. 모두 세 명이었는데, 함부로 내 어깨를 밀치며 안으로 들어가더니 털썩, 소리를 내며 바로 옆에 자리를 잡고 앉았다.

"아제, 추웅께 술이나 얼릉 주쇼잉. 안주는 찬찬히 맹글고."

"오메, 강신나겄네, 썩을 놈의 게울은 왜 있으까잉. 아제, 얼릉 술 줘라우."

"아이, 그래도 추웅께 술맛 한나는 오지게 나겄다야."

여자들은 너나없이 활기차게 떠들며 술을 시켰고, 사내가 구레나룻 얼굴 전체를 무너뜨리며 활짝 웃었다.

"잉, 느그 같은 술 구신들이 왔는디 뭣보담도 술부터 몬자 대령해야제. 근디 이깟 놈에 소한 추우가 뭐이 춥다고 그라고 호들갑들이여."

사내가 빠른 손놀림으로 소주병이며 술잔을 챙기던 중에, 문득 여자들 중에 한 명을 턱짓했다.

"근디 니는 영순이구나."

"잉, 맞어."

"작년에는 안 보이등만, 우찌게 금년에는 시간이 난 모냥이다잉?"

"아제, 나 바뻐. 말시키지 마. 우선 술 한잔 묵고 나서."

여자들은 술잔이 넘치도록 서로 술을 따르자마자 그야말로 게눈 감추듯이 입안에 털어넣었다. 그렇게 맨술로 주거니 받거니 삽시에 술 한 병을 비우더니 비로소 입을 열었다.

"아제, 나 아까 오후 배로 와부렀구만. 아제가 보고 잪어서. 참말이랑께. 그놈의 털보수염은 여전히 쎅씨헤뿌요잉. 우짜끄나, 언젠가는 저놈의 수염에 내 가심팍을 팍팍 문질러부러야 할 거인디."

"아이, 가이내야. 함부로 곁눈질하덜 말어. 저 아제 수염은 나가 중학교 때부텀 진작에 침 볼라논 거여."

"임벵할 년. 그라고 일찍암치 모로 터져가꼬 오늘날 팔자가 그로코롬 잘 풀레부렀냐?"

"이년아, 이놈의 게딱지만 한 동백섬에 갇혀서 과부노릇 하는 것도 서러운디 오랜만에 만난 니까장 염장을 질르고 자빠졌냐?"

여자들의 수다에도 아랑곳없이 안주를 만들기에 여념이 없던 구레나룻이 더 이상 못 참고 참견에 나섰다.

"야, 금자야, 멀쩡한 니 서방 놔두고 과부가 뭔 말이여? 사지육신 헌헌하게 원양어선 타고 사방팔방 잘 돌아다니는 서방이 니 말을 들으면 눈이 백팔십도로 돌아가불것다잉."

"아제, 시방 아제까장 염장질르는 거여 뭐여? 쌩과부는 과부가 아니당가. 육지 년들은 단 사흘만 서방 맛을 못 봐도 이혼이다 뭐이다 헌다는디 나는 뭐이냔말여? 발써 장장 육 개월째여, 육 개월! 지가 괴기를 잡으면 엄마나 잡고 돈을 벌먼은 엄마나 떼돈을 번다고 나를 육 개월이나 내동댕이쳐뿔고 있냐고잉. 아제, 아제는 나가 동지섣달 긴긴 밤마동 뭘로 지내는 줄 알기나 해?"

"뭐인디?"

"한숨에, 눈물이여."

그러자 옆에 있던 한 여자가 깔깔거렸다.

"이년아, 니가 밤마동 뭘로 보내? 한숨, 눈물? 아나 한숨, 눈물!

깔깔, 니가 중학교 때부텀 발랑 까져가꼬 밤마동 까지밭 전공이었다는 거이사 동백섬에서 몰르는 남자들이 없는디 놈 우새스럽게 시방 씨도 안 맥히는 호박씨 까는 거여, 뭐이여. 깔깔."

여자들의 주고받는 이야기가 뭔가 정도를 넘어서도록 질펀해져서 아무래도 뜨내기가 더 이상 끼어 있을 분위기는 아니었다. 내가 은근슬쩍 자리에서 일어나려고 할 때, 문득 여자 중에서 누군가가 나에게 알은척을 했다.

"오메, 저 손님은 인자봉께 나하고 낮 배로 같이 오셨든 분 같은디, 안 그라요?"

내가 비로소 여자들 쪽을 정면으로 바라보자 연안 여객선 갑판에서 얼핏 보았던 밍크코트 차림의 여자가 나를 향해 시원스럽게 웃고 있었다. 그러자 바로 내 옆에 있던 금자라는 여자가 나섰다.

"오메, 긍께 영순이 니하고 이 아자씨하고 진작에 배 안에서부터 정분이 나분 사이였다 이거여?"

"그래, 이년아, 연락선 선실서부터 나가 이 아자씨 찜해부렀다, 우짤래? 깔깔."

"오지랖도 넓은 년, 남자 복 많은 년은 자빠져도 까지밭에만 자빠진다더니, 오메, 복장 터져 못 살겄네."

그러자 남아 있던 또 한 여자가 깔깔대고 나섰다.

"이년아, 멀쩡한 복장 터치지 말고 술이나 묵어. 깔깔. 이럴 때 술술 묵어라고 술이제 달리 술이겄냐?"

"염병할 것, 순님이 니 말이 맞다야. 자, 마시자, 마셔."

금자라는 여자가 순님이라는 여자에게 잔을 부딪치고서는 한입에 털어 넣었다. 그리고는 내 자리를 일별하더니 사내에게 말했다.

"참, 아제, 이 아자씨 봉께 헹펜이 쬐깜 에로운 모냥인디, 이왕에 안주 만드는 짐에 이 아자씨 것도 한 접씨 더 맹글어불소잉."

금자의 말에 영순이가 거들었다.

"글고봉께 안주 한나도 없이 깡소주로만 잡샀서야? 오메, 짠한거. 아제, 시방 맹그는 안주 우리보다 이 아자씨부터 몬자 드레뿌러. 까짓거, 안주 한 접씨 우리가 인심 써불랑께."

그러자 사내가 이제 막 마련한 안주 접시를 술자리에 올려놓으며 벙글댔다.

"그 손님은 육것을 안 좋아허신다여."

금자가 기다렸다는 듯이 사내의 말을 받았다.

"육것 같은 소리 하고 있네. 술자리서 육것 갯것 가릴 것 어딨어. 기냥 있는 대로 묵는 것이제. 자, 우리 동백섬 육것 한번 묵어보시오, 을매나 맛난가. 이거이 바로 우리 동백섬 똥되야지요."

금자는 엄지와 검지에 돼지고기 한 점을 집고서는 미처 피할 틈도 없이 내 입에 넣으려 들었다. 그리고 나는 엉겁결에 입을 벌려 고기를 받아들였다. 그러자 이번에는 영순이가 술잔을 들고 나에게 다가왔다.

"나는 진작에 연락선 갑판에서부터 아자씨가 내숭인줄을 알어뿌렀어. 옆눈으로 봉께 온갖 그럴싸한 똥폼은 다 잡고 있더랑께. 자, 안주를 받었응께 술도 한 잔 받어뿌시오."

영순이가 여전히 시원스럽게 웃으며 나의 입에 술잔을 드밀었고, 나는 이번에도 엉겁결에 입을 벌려 술을 받아들였다. 그러자 순님이가 비아냥거리는 투로 끼어들었다.

"오메, 이 아자씨, 우리가 안주하고 술을 안 줬으면 우짤뻔 했으까잉. 글고봉께, 아이, 영순아, 이 아자씨, 혹시 이 방면에 선수 아녀? 깔깔."

"이년아, 선수가 아님사 나가 배에서부텀 찜해뿌렀겄냐? 깔깔."

"잉, 선수는 선수를 알아본다고, 둘이 잘 만났다. 아나, 나가 자리 비께주께 어디 선수끼리 잘해봐라잉."

금자가 자리를 비키는 시늉을 하자, 영순이가 고개를 저었다.

"글지 말고 이 아자씨를 가운데 앉혀서 우리가 사이좋게 반썩 나놔뿔자."

"오메, 고마운 거. 역시 의리하면 영순이 니년 배끼 없어."

"하문, 나야말로 의리 빼면 시체제. 묵으먼 같이 묵고, 굶으먼 같이 굶고, 죽드라도 같이 죽고, 글다가 아니먼 말고오."

영순이가 자리에서 일어서더니 내 옆으로 다가왔다. 그리고 나를 향해 한쪽 눈을 찡긋해보였다.

"아자씨, 괜찮지라우?"

그리고는 내가 미처 대답도 하기 전에 터억, 소리를 내며 내 옆에 안더니 어깨를 부딪쳐 나를 가운데로 밀어 넣었다. 그리고는 술잔을 들어 올렸다.

"자, 합석을 축하하는 의미로, 건배애."

"그래, 건배애."

"베라묵을 것, 오늘 술 묵다가 죽어뿔자, 건배애."

여자들이 떠들썩하게 건배를 하고 나자, 영순이가 새삼스러운 눈길로 나를 바라보았다.

"아까부터 겁나게 궁금했는디, 아자씨는 무신 일로 우리 동백섬까장 흘러오셨다요?"

내가 미처 뭐라고 대답을 못 한 채 머뭇거리자 사내가 나섰다.

"아이, 그 손님이 따른 것도 아니고 쩌그 동백한테 홀레가꼬 우리 동백섬에 와부렀단다야. 우짜냐, 손님이 겁나게 낭만파지야?"

그러자 여자들이 저마다 눈을 활짝 뜨면서 놀란 표정을 지어 보였다.

"오메, 그거이 참말이요?"

"시상에, 낭만파가, 머시냐, 최머시기라는 가수의 노래 가사에만 있는 중 알았등만 시방 우리가 실지로 눈앞에서 만나뿌네잉."

"아자씨 같은 낭만파를 만나서 참말로 영광이요잉."

이구동성으로 떠드는 여자들을 더 가까이에서 대하며, 나는 또다시 '겁나게' 낭만파가 되어 쓴웃음을 웃을 수밖에 없었다. 나로서는 이해하기 힘든 뭔가 그녀들만의 신명이 지핀 분위기에 내 식으로 죽을 자리 운운하며 찬물을 끼얹을 수는 없었다.

영순이가 술잔을 들고 자리에서 일어섰다.

"자, 이번에는 우리 낭만파 아자씨를 위하여 건배애, 아자씨도 함께 건배애."

여자들이 떠들썩하게 건배를 했고, 나도 덩달아 자리에서 일어나 그녀들의 건배에 껴들었다.

그때 문득 포장마차의 휘장이 걷히더니 불쑥, 일고여덟 살쯤 되었을까 싶은 사내아이의 새까만 얼굴만 포장마차 안으로 들어왔다. 그리고 잔뜩 심통이 난 목소리로 힘껏 소리를 질렀다.

"엄니이, 바압, 주어어."

그러자 가장 안쪽에 있던 순님이가 나섰다.

"이놈이 어서 소락대기는 질러대고 야단이여. 느기 앰씨 안즉 귀 안 묵었어야."

"이 씨이, 배고파 죽겄단 말이여. 엄니만 맛난 것 묵지 말고, 나도 밥 주란 말이여."

"아랫목 이불 속에 밥그럭 묻어놨응께 아무거이나 골라서 퍼묵어."

영순이가 여전히 시원스럽게 웃으며 둘 사이에 끼어들었다.

"오메, 니가 긍께 순님이 구멍으로 나온 새양쥐였냐? 아나, 새양쥐야, 이것 가꼬가서 우리 새양쥐도 맛난 것 사 묵어라."

영순이가 만 원짜리 한 장을 내밀자, 아이의 새까만 손이 튀어나와 재빨리 낚아챘다. 그리고는 불퉁스러운 목소리를 남기며 포장마차 밖으로 얼굴을 감추었다.

"이 씨이, 나, 새양쥐 아니란 말여. 김영길이여."

아이가 사라지고 나자 영순이가 깔깔대며 순님이를 바라보았다.

"참, 사람 좋은 니 서방은 여전히 괴기 잘 잡고 있겄지야?"

영순이의 말에 순님이가 체머리를 흔들었다.

“야, 서방 같은 소리 하지도 말어. 그 인간만 생각하면 나가 자다가도 덜컥 가심이 내레앉아붕께.”

“왜, 그 인간이 제 버릇 못 베리고 시방도 바람 피우냐?”

“바람 같은 거이라면 나가 말도 안 해야. 그 인간이 멀쩡한 배를 놔뚜고 빚내서 새 배를 맹글들만, 겔국은 지대로 건사도 못하고 뭍으로 도망가뿌렀어야. 나한티는 어협 빚만 허리가 꼬부라지게 처맡게서 움도 싹도 없게 맹글어놓고서는.”

“오메, 그런 일이 있어뿌렀냐? 어쩌끄나, 우리 착헌 순님이…….”

“어쩌기는 뭘 어째야. 나사 암시랑토 않타아. 설마 산 입에 거미줄 치겄냐? 정 뭣허면 물질이라도 배워가꼬 새끼하고 살면 되야. 자나 깨나 그 썩을 놈의 인사가 걱정이제. 배운 거이라고는 달랑 괴기 잡는 재주밖에 없던 섬놈이 뭍에 가면 우찌께 쳐묵고 살라고 뭍으로 도망치냐고.”

“야, 심이라면 우리 섬서도 알아주던 니 서방인디 멀쩡헌 사지육신 가꼬 어디 간들 굶어죽겄냐, 니 서방이사 지옥에다 델다 놔도 오지게 살아낼 사람인께 걱정하들 말어야. 그까짓놈의 서방 땜시 더 이상 에먼글먼허지 말고, 자자, 술이나 묵자.”

“그래, 임벵할 것, 술이나 묵고 죽어 뿔자아.”

“그래, 죽어 뿔자아.”

여자들이 서로 활기롭게 잔을 부딪치며 단숨에 술을 비우더니, 영순이가 나에게 술잔을 건넸다.

"오메, 우짜끄나. 우리가 아자씨한테 숭한 꼴을 보예부렀소잉. 에씨요. 내 술 한 잔 잡숫고 그냥 맘 좋게 웃어넘게 뿌시오. 우짜꺼이요, 사는 일이 다 그럴 거인디. 비 올 땐 비 맞고 눈 올 땐 눈 맞음서 너나없이 이르코롬 사는 거 아니겄소?"

나는 잠자코 영순이가 건네는 술잔을 입안에 깊이 털어 넣었다. 나는 그녀들이 지피고 있는 어떤 신명의 안쪽을 들여다본 느낌이었다. 그랬다. 비록 엉겁결이라고는 하지만 그녀들이 주는 안주나 술을 스스럼없이 받아들일 때부터 나는 그녀들에게서 함부로 거부할 수 없는 어떤 힘을 느꼈을 것이었다. 어쩌면 자칫 정도를 벗어난 것 같아 위태로워 보이기까지 한 그녀들의 신명에는 그녀들이 지금 혼신으로 맞서고 있는 삶의 어떤 피투성이 싸움이 숨어 있을지도 몰랐다.

나는 빈 잔을 다시 영순이에게 건네며 말했다.

"흉하지 않아요. 저에게는 댁들이 참 아름답습니다. 지금까지 제가 살아온 중에 만난 어떤 사람들보다 아름답습니다. 아니, 저기 동백섬에 동백꽃보다도 댁들이 훨씬 아름다워요."

술 탓이었을까, 평소에 숫기가 없는 나로서는 차마 입 밖에 꺼내기 어려운 말이 쉽게 흘러나왔다. 나의 말에 영순이가 자리에서 벌떡 일어났다.

"아이, 까시내들아, 시방 이 아자씨가 대놓고 우리한테 작업을 거는 거 맞지야?"

"잉, 맞어. 인자 누구 눈치 볼 것 없이 아조 드러내놓고 작업을 시작해뿐만잉.”

“오메, 말도 이쁜 거. 아니 뭣이 어째라우? 쩌그 동백섬에 동백꽃보담도 우리가 훨씬 아름다워라우?”

“이 아자씨가 아무리 선수라지만, 시상에 우찌코롬 딱 한 마디에 까시내 맘을 홀라당 뒤집어놓을 수가 있다냐?”

영순이가 술잔이 넘치도록 술을 따라 나에게 내밀었다.

“아자씨, 나가 아자씨한테 뽀뽀라도 해드리고잪은디 차마 뽀뽀는 못 하고 이 술을 디리요. 자, 이 술을 이 까시내 뽀뽀라고 여기고 맛나게 잡수시요.”

나는 영순이가 건네는 술잔을 받다가 문득 그녀의 눈에 눈물이 고이는 것을 보았다. 그녀는 그렇게 눈물이 고인 눈으로 빤히 나를 바라보고 있었다.

“오메, 영순이 너 시방 우는 거 아녀?”

옆에서 지켜보던 금자가 문득 영순이에게 큰소리를 냈고, 영순이가 쉽게 고개를 끄덕였다.

“그래, 운다, 이년아, 우짤래?”

“잉, 인자 슬슬 울 때가 되얏다싶었구만, 아니나 다를까, 니가 딱 시간을 맞춰뿐다야.”

“아이고, 우짜면 조으까. 영순이 저년이 울면 이 좁은 섬이 다 떠나갈 꺼인디.”

“하기사 지 버릇 개주겄냐? 몇에 한 번썩이라도 맘놓고 울고잪어서 여그를 찾아온다는 년을 누가 우찌께 말릴 거이냐? 울어라고

냅둬야제. 영순아 이년아, 울어라, 울어."

영순이가 숫제 완연한 코맹맹이 목소리를 냈다.

"아이, 까시내들아, 나는 이번에는 안 울라고 했는디 이 아자씨가 기냥 나를 울레뿌냐, 안."

"썩을년, 공연시 죄 없는 아자씨 탓하지 말고, 울라면 맘 놓고 울어."

"그라먼 느그 말대로 한번 맘 놓고 울어보까?"

영순이가 난데없이 두 손으로 나의 한쪽 팔을 움켜잡았다. 그녀의 얼굴에는 어느새 눈물이 가득히 번져 있었다. 그렇게 눈물투성이의 얼굴로 그녀가 나를 올려다보았다.

"아자씨, 흑, 나는 시방 서울서 온갖 사내놈들을 다 상대로, 흑, 술장시를 하는 디요, 몇 년에 한 번썩이라도 고향에를 안 오면, 흑, 나는, 진작에 숨통이 막헤서 죽어뿌렀을 거시요. 흑, 고향에 와서 이르코롬 한 번썩 울고 나야, 그동안에 막혔던 숨통이 터지고 심이 난단 말이요. 아자씨, 엉엉, 아자씨도 나를 이해해주시요잉. 뭐라고라우? 엉엉, 이해가 된다고라우? 엉엉, 빈말이라도 고맙소, 엉엉, 아자씨, 나가 이르크롬 사요. 엉엉, 근디, 아자씨, 내 이약을 듣고 나서도, 엉엉, 나가, 뭐시냐, 아름답게 보이요? 엉엉엉."

영순이가 나의 팔을 붙들고 무슨 푸닥거리 식으로 독백인지 사설인지 애매하게 우는 동안에도 금자나 순님이는 그녀를 나 몰라라, 그대로 버려둔 채 잠자코 술잔을 비우고는 했다. 나로서는 그녀들 사이에 오가는 수작이며 대화가 얼핏 무슨 코미디 같기도 하고 어설픈 상황극 같기도 했지만, 그러나 한편으로는 그녀들이 혼신으로 맞서고 있는 삶의 어떤 피투성이 싸움이 비로소 그 정체를 드러내는 듯한 느낌이었다. 아니, 정체를 드러내는 것은 비단 그녀들의 싸움만은 아니었다.

나는 영순이에게 한쪽 팔을 맡긴 채 잠자코 빈 잔에 술을 채워 자작으로 마시면서, 이 술자리의 모습에 겹쳐 환상처럼 드러나는 자신의 삶의 어떤 정체들을 지켜보고 있었다. 그랬다. 광화문 근처의 버스 정류장에서 밤늦게 집으로 가는 버스를 기다리다가 문득 발길을 돌려 한달음에 서울역으로 달려가 야간열차에 올랐던 나의 출분 또한 그녀들의 피투성이 싸움과 어울려 들어 비로소 그 정체를 드러내고 있었다. 아니, 그것만이 아니었다. 검푸른 바다 위에서 거대한 붉은 꽃처럼 두둥실 떠오른 채 한껏 나를 유혹하던 붉은 색감 또한 그녀들의 피투성이 싸움과 어울려 들어 비로소 그 정체를 드러내고 있었다. 아니, 그것만이 아니었다. 붉은 색감의 황홀한 유혹 속에 숨어 있던 죽음의 그림자 또한 그 정체를 드러내고 있었다. 아니, 그것만이 아니었다. 그토록 목울대를 치밀어 올라 입안 가득히 모래알처럼 서걱대던 갈증 또한 비로소 그 정체를 드러내고 있었다.

나는 여전히 영순이에게 한쪽 팔을 맡긴 채, 자신의 출분에서부터 붉은 색감을 거쳐 죽음의 그림자며 입안 가득한 갈증에 이르기까지 그 모든 것들을 한꺼번에 이해했다. 내가 얼떨결에 여자들과 어울려 그녀들의 신명에 말려드는 동안에, 어쩌면 나는 추악함만이 가득한 자신의 삶에 대해서도 한 가닥 가능성을 발견했을 것이었다. 마치 무거운 독에 깊이 중독이라도 된 것처럼 도저히 견디기 힘들어했던, 그리하여 애오라지 죽고 싶다는 욕구에만 매달렸던 자신의 삶에 대해서도 한 번쯤은 그녀들처럼 피투성이 싸움을 벌이고 싶은 마음이 생겼을 것이었다.

영순이가 아직도 뒤끝에 울음이 달린 코맹맹이 목소리로 구레나룻 사내를 불렀다.

"아제, 참, 오늘이 달사리 아니까?"

갑작스러운 질문에 사내가 잠시 헤아리더니 고개를 끄덕였다.

"잉, 글고봉께 오늘이 보름이제? 그라먼 오늘이 보름사리구만."

영순이가 자리에서 벌떡 일어났다.

"아제, 그라먼 오늘 밤에 쩌그 동백섬에 가는 질이 열릴 거 아녀?"

"잉, 그럴 것도 같은디, 뜬금없이 그건 왜 묻는 거이냐?"

영순이가 이번에는 금자와 순님이를 바라보았다.

"야, 우리 시방 동백섬에 가자."

"시방 동백섬엘 가자고?"

"잉, 시방 당장."

"그래, 까짓것 못 갈 것도 없제. 중학교 때랑 고등학교 때도 몇번 갔었응께. 보름사리라먼 지금쯤이면 질도 환하게 열렜을 거인다."

"그래, 가자, 가. 가서 우리 셋이서 술 묵고 노래 부르고 그르코롬 미쳐가꼬 죽어뿔자."

"왜 셋이여, 이 아자씨도 있는디, 넷이제."

영순이가 이번에는 나를 바라보았다. 그렇게 나를 바라보는 그녀는 언제 울었냐 싶게 맑고 힘찬 눈빛이었다.

"아자씨, 매달마동 보름이 되면 바닷물이 빠져가꼬 쩌그 동백섬으로 가는 물질이 활짝 열리는디, 동백섬에 안 갈라요?"

나는 영순이의 맑고 힘찬 눈빛을 향해 기꺼이 고개를 끄덕였다.

"그래요. 갑시다. 가서 우리 함께 죽읍시다."

그러자 구레나룻 사내마저 끼어들었다.

"아이, 나도 따라가면 안 되겄냐?"

| 발문 | 윤지관 (문학평론가)

경계에 선 그대가 가는 곳

꽤 나이가 든 지금에 와서도 너무나 편하게 형이라고 부를 수 있는 선배 송기원의 소설집이 10년 만에, 그것도 실천문학사에서 나온다는 소식을 듣고 오, 그래 하는 반가운 마음이었는데, 기원 형이 나더러 아예 해설을 쓰게 하라는 명을 내리셨다고 한다. 문학평론 쓰기를 몇 년째 중단하고 있는 개점휴업 상태의 평론가에게 일거리를 주니 감읍하고 볼 일이지만, 소설집 해설하는 일이라고 그리 만만하지만은 않다. 그럼에도 나는 선뜻 그러마 하였다. 해설이 어려우면 오랜만의 소설집 발간을 기리는 덕담을 하면 되지 하는 배짱이었다.

그런데 역시 눈치 백단인 기원 형이 "뭐 어렵게 생각하지 말고 발문 정도로 하라 해라"고 또 한마디 보태셨다. 그 말을 편집부로부터 전해 듣자 한결 안심되면서 느긋한 마음으로 소설들을 읽었다. 그런데 채 다 읽기도 전에 정신이 번쩍 들었다. 소설집에 실린 일곱 편의 소설들은 그야말로 기원 형의 일생에 걸친 피투성이 싸움을 담고 있는 터라 설렁설

렁 축하하는 말로는 넘어가지 못하게 생긴 것이다. 소설집 전체가 구도의 행적으로 가득한데다 그 내용 가운데는 기원 형에 대한 나의 오랜 기억들을 마구 헤집고 들어오는 부분들도 있어서, 발문이 아니라 해설이었다면 차라리 더 마음이 편하겠다는 생각마저 들었다. 그러나 이왕 엎지르진 물! 기원 형의 소설을 대하면서 나도 나 자신의 옛 기억들을 들추어내고 새삼 인생의 의미를 한번 되짚어보지 않을 수 없게 된 것이다.

내가 기원 형을 처음 본 것은 1980년대 말 계간 『실천문학』의 편집위원진에 합류하면서였다. 당시 나는 본격적인 평론 활동을 막 시작한 삼십 대 초의 신진이었는데 무크지에서 계간지로 전환된 『실천문학』에 김남주 시인에 대한 서평을 쓰고서 출판사 대표이던 기원 형에 의해 말하자면 발탁된 것이다. 당시는 실천문학사가 한창 잘나가던 시절이었다. 『접시꽃 당신』 등 출판의 성공으로 필동에 사옥도 마련하였고, 월간 『노동문학』을 창간하는 등 진보진영의 대표적인 출판사 가운데 하나로서 의욕이 넘치던 시기였다. 그러나 곧바로 세무사찰을 받는 등 당시 노태우 정권의 탄압으로 재정 압박을 받다가 사옥을 팔고 광화문 근방에 작은 사무실을 얻어 이사하였다. 이때부터 그 이듬해인 1990년 기원 형이 실천문학사를 떠나던 때까지 같이 일하고, 술 마시고, 바둑 두고, 여행을 가고 하는 사이에 그는 문단 생활 초보인 나를 안내해준 사수가 된 것이다. 기원 형을 통해서 한 명의 학삐리가 사흘이 멀다 하고 인사동을 찾는 문학 패거리 중의 하나로 입문하게 된 셈이다.

편집위원이 되기 전에 송기원은 나에게는 김대중 내란음모사건에 연

루되어 9년형을 선고받은 민주투사였고, 출옥 후 비로소 어머니가 자살로 생을 마감한 사실을 알게 된 사연을 가슴 아프고도 담담하게 그려낸 『다시 월문리에서』의 작가였다. 그런데 만나고 보니 그런 위광은 다 사라지고 그저 젊은 편집위원들 잘 먹이기 위해 챙기는 넉넉한 형이고, 술자리를 홍겹게 만들어주는 터줏대감이었다. 나는 그 분위기에 취해서 기원 형과 종종 단골주점 탑골에서 밤늦게까지 놀곤 했다. 그러던 어느 날 여느 때처럼 골방에서 술과 담론을 즐기고 있는데 투쟁집회에 참석했던 일군의 젊은 진보 문인들이 들이닥쳤다. 당시 진보진영의 혈기 넘치는 이 문학청년들은 진작부터 나를 보고 싶어해서 찾아왔는데 우리가 노는 모양을 보더니 선배고 뭐고 지금이 어느 땐데 이 술판이냐고 질타하고 나서서 한바탕 난리가 난 것이다.

기원 형으로서야 곤혹스러울 수밖에 없었을 터인데 정작 본인은 너무나 태평할뿐더러 그 친구들한테도 한잔하라며 시종 웃음을 띠고 있지 않은가? 선배에게 너무 무례하지 않으냐고 끼어들었던 내가 오히려 머쓱해져서 물러나고 말았다. 그날 일의 결말이 어땠는지는 잘 기억이 나지 않지만, 내 뇌리에 깊이 박힌 것은 기원 형의 평화로운 그 표정이었다. 패악을 당하면서도, 먹어 어서 먹어, 늘 후배들을 챙기던 그 표정 그대로였으니, 비극적인 어머니의 죽음을 겪고 옥고를 치르고 하는 고통을 바로 몇 해 전에 겪은 것 같지 않은 그 선하디선하고 맑디맑은 모습에 나는 혹하고 말았다. 사람을 좋아하는 감정이 그런 것인지 그때의 매혹은 아직도 기원 형을 떠올릴 때면 되살아나곤 한다.

그러나 얼마 안 가 또다시 필화사건으로 사무실이 압수 수색당하고 한 차례 더 옥고를 치른 기원 형은 대표직을 내놓고 떠나버렸다. 그래도 서울에 머물 동안은 가끔 만나서 회포를 풀기도 했는데, 그러던 어느 해 초봄이었다. 문인들의 모임 후에 시인 윤재철, 김사인, 소설가 최인석 등 마음 맞는 친구들과 어울려 기원 형을 앞세우고 여기저기 술집을 찾던 날이 있었다. 결국, 밤이 깊어 어느 포장마차에서 막을 내렸던 그날, 골목 담벼락에 기대어선 나의 몽롱한 의식 속으로 동트기 전의 짙은 어둠을 뚫고 마치 기적같이 다가오던 흰 목련. 형과의 만남은 종종 그런 아름다운 일상의 충격을 선사하곤 했다. 그리고 얼마 안 가 기원 형은 홀연 우리 사이에서 사라졌다. 이 동네를 떠나 입버릇처럼 말하던 인도로 간 것이다.

다소 장황하게 들릴지 몰라도 1990년대 초 인생의 한 국면에서 그를 만난 일부터 떠올린 것은, 그 몇 년간이 그의 삶에서 그리고 소설에서 큰 전환점이 된 시기이기 때문이기도 하다. 인도 여행 이후 그의 작품세계는 일종의 구도의 주제로 전환되어, 실명 장편소설 『청산』을 비롯하여 소설 곳곳에서 영혼의 해방과 깨달음을 위해서 고투하는 인물들을 그려냈다. 그렇다면 1990년대 초에 내가 만났던 그 평화롭고 맑은 얼굴은 실은 그 내면에 삶에 대한 고뇌와 해방에의 욕구로 들끓는 진정한 자신을 감추고 있었던 한낱 가면에 불과했던가?

이번 소설집을 읽다 보니, 사소설이라고 할 「별밭공원」에서 소설가는 그 시절의 삶을 이렇게 기술해놓고 있다.

나는 홍청망청한 재미에 빠져, 더 이상 폭음 끝에 정신을 잃는 일도 그리하여 내 안에 있는 어떤 공간을 만나는 일도 까마득히 잊어버리고 말았다. 또한 나는 어머니의 단말마의 순간도, 어머니가 있을 저승 쪽에 대한 부러움 따위도 까마득히 잊은 상태였다. 그런 나는 이미 인성 자체도 돌이킬 수 없이 파괴되었을 것이다. 그때 만일 내가 자신의 얼굴을 볼 수 있었다면, 나는 평생을 두고 지우지 못할 가장 끔찍하고 추악한 야차의 얼굴을 보았을 터이다.

이런! 내가 본 아름다운 얼굴이 본인에게는 추악한 야차의 얼굴이었다니! "20대 청년 시절의 어설픈 퇴폐나 탐미, 위악, 허무"로 되돌아가 방황하던 시절이라니! 이 구절을 접하고 다소 혼란스러운 마음에 속으로 몇 가지 운산을 해보았다. 우선 형 자신이 본모습을 찾겠다는 의식이 과도한 나머지 의도적인 타락과 과장을 보였을 가능성이 있다. 그렇지만 얼굴 모습이야 그럴 수 있다 치더라도 '내 안의 어떤 공간'을 잃어버렸다는 인식 자체까지 부정할 수는 없었다. 그러니 내 쪽의 잘못을 생각하는 편이 더 나를 법하다. 즉 기원 형의 외면에 혹한 나머지 그 내면의 야차성을 못 본 나의 미숙함 탓이었을 가능성. 그런데 만약 그렇다면 20여 년이 흐른 지금에 와서도 거리를 헤매게 하던 당시의 그 '퇴폐주의'가 그립고 아름답게 회상되는 것은 왜일까? 나에게는 왜 그 야차가 보이지 않을까, 아니 야차를 보았다 하더라도 왜 그 모습이 추악해 보이지 않는 것일까?

두 가지 가능성을 두고 생각을 굴려보아도 머리만 복잡해질 뿐 답을 찾지 못하던 나는 결국 더 따지지 말고 당시 기원 형이 느꼈던 위기감의 절실함부터 인정키로 하였다. 얼굴에서 무엇을 읽어내든 당시 기원 형은 깊은 절망과 자괴감에 시달리고 있었고, 거의 나락으로 떨어져 있다는 고통스러운 감정에 휩싸여 있었던 듯하다. 이렇게 바닥까지 떨어져 삶의 가장 소중한 것을 잃어버렸다는 아픈 자각에서부터 죽음을 무릅쓴 구도의 경력이 시작된 셈이다. 그리고 그런 구도의 행적을 날것 그대로 담아놓은 이번 소설집 『별밭공원』은 그 모색이 지금도 진행형임을 말해준다.

가령 인도로 가서 히말라야를 거지꼴로 헤매고 다니면서 그대로 죽음으로 건너가고 싶다는 충동을 수없이 느꼈다는 이야기는 이번 소설집에 실리는 「육식」에서도 나온다. 아니 건너간다기보다 잊고 살았던 죽음을 다시 자기의 공간으로 불러들이는 과정이라고 해도 좋겠다. 「육식」의 마지막 부분을 보자.

> 노파의 손에는 지난밤에 사내가 손칼로 썰어서 나에게 권했던 야크 조각이 들려 있었다. 내가 얼핏 손을 내밀지 못하고 노파를 내려다보자 노파가 고개를 들어 나를 올려다보았다. 그리고 바로 그때 나는 처음으로 주름에 가려져 있던 눈구멍을 뚫고 나온 노파의 눈동자를 보았다. 노파의 눈동자를 보는 순간 나는 어떤 충격으로 인해 부르르, 몸을 떨었다. 흡사 세상의 어떤 때도 묻지 않은 어린아이의 것이 그러리라 싶은 맑게 빛나는 눈동자가 빤히 나를 올려다보는 중이었다. 아아, 아무리 보아도 마귀할멈 형용에 흡사한 노파에게 어떻게 저런 눈동자가 가능한 것일까.

아, 이제 좀 알 것도 같다. 마귀할멈의 모습을 한 노파의 맑고 빛나는 눈. 아름다움과 추함이 공존하거나 혹은 둘의 이분법을 넘어서는 어떤 경지에 대한 깨달음이 얼굴에 대한 관심이나 집착과 무관하지 않다는 것을! 어떻게 보면 자신의 한때를 추악한 야차의 얼굴로 자괴하고서 무언가 자신의 공간, 자신의 본모습을 찾고자 하는 작가의 여정은 결국 이렇게 자신의 삶 속에 내재한 추악한 요소조차 받아들이는 과정이 아니었을까? 그런 점에서는 타락하고 인간성이 파괴되었다던 그 시절에도 아름다움이 빛나는 순간들이 없다고는 할 수 없을 터.

죽음을 잊고 타락했다는 자성을 통해서 죽음과 소통하며 세속의 삶을 초월하고자 했던 시도의 끝은 오히려 삶 자체로의 복귀였다. 인간의 고통과 죽음조차가 부처와 같은 더 큰 존재의 시선에서 보면 한갓 부질없고 모든 업장도 놀이에 불과한 것이다. 소설집에 실려 있는 세 편의 구도소설, 아마도 연작으로 쓰인 「무문관」, 「탁발」, 「객사」에서 땡중을 자처하지만 그야말로 온몸으로 수행을 하는 석전이 삶과 죽음을 초월한 어떤 경지를 버스정류장에서 객사한 어떤 걸인의 죽음 순간에 지었던 미소에서 찾는 대목은 삶과 죽음의 변증을 조용히 웅변하는 듯하다. 「별밭공원」에서의 화자인 작가 자신에게도 이런 생각이 스치는 순간이 있다. "야차야말로 어쩌면 내 안에 있는 가장 소중한 생명이지 않을까?"

쓰다 보니 발문에서 시작한 이 글이 어느새 비평의 영역으로 넘어가 있는 것을 알겠다. 형이라는 친밀한 호칭도 바뀌어 작가나 소설가가 제격인 어투가 되어 버렸다. 사실인즉 기원 형이 평생 추구해오고 일정

정도 달성한 것으로 보이는 그 어떤 깨달음의 경지를 나로서야 가늠해 볼 재주가 없겠지만, 비평을 하다 보면 좀 알은체도 해야 하고, 자신 있는 듯이 단정을 할 때도 있는 법이니 부디 용서하시기를. 하여간 이렇게 평론가의 특권을 누리다 보니 아름다운 얼굴과 야차의 얼굴이라는 극단의 대비가 안겨준 충격에서는 얼마간 벗어난 기분이긴 하다.

이왕 작품 이야기를 하고 있으니 내친김에 더 나가보자. 역시 송기원의 작품 세계에는 1980년대의 작가답게 민중이라는 주제가 끈질기게 나타난다. 구도의 이야기가 이번 소설집에서 가장 두드러진다고는 했지만, 그의 소설에는 진정한 깨달음은 혼자만의 수련을 통해서보다는 고통받은 민중들과의 어울림과 공감 속에서 이루어진다는 메시지가 여기저기서 발견된다. 또 삶과 죽음의 경계에서 노는 것이 존재의 양태이지만, 살아있는 민중의 삶과 떨어져서 따로 획득되는 깨달음 또한 궁극적일 수 없다는 인식도 있다.

예술의 의미에 대해서도 마찬가지다. 형식적인 완결성이 아니라 삶의 고통과 애환 속에 뿌리내린 예술, 고통을 겪고 한을 간직한 사람들과 같이 어울리고 그들의 공감을 불러일으키는 예술에 대한 지향은 여전하다. 소리에 정한을 실었다고 해서 스승에게 내침을 당한 한 늙은 여성 소리꾼의 슬픈 삶을 그려낸 「노량목」이 바로 이 주제를 정면으로 다룬다. 여기서 작가는 소리에 뭇사람의 고통을 싣고 한을 풀어내는 '노량목'의 운명이 진정한 예술가의 길임을 시사하는 것이다.

그러고 보니 기원 형이 실천문학사를 떠나게 된 데는, 출판일을 하면서 황폐하게 된 자신의 내면 요구가 우선이긴 하겠지만, 외적인 이유도 없지 않았다. 단순히 세대교체의 필요만이 아니라 자신이 당시 변혁운동의 흐름에 오히려 방해되지 않나 하는 의구심도 작용하였다. 지난 창작집에서 많은 주목을 받았던 단편 「아름다운 얼굴」에는 그런 내용이 나와 있다.

> 출판사의 성격 자체도 어느 면에서는 더 이상 나를 필요로 하지 않았다. 아니, 어쩌면 필요 따위를 지나쳐서 나는 자신도 모르는 사이에 출판사의 성장에 큰 걸림돌이 되어 있었다. 출판사는 처음부터 당연하게 80년대 정권에 대해서 반체제적 문학운동으로 나아갔고, 80년대 중반 이후 민중시를 비롯하여 노동문학이 형성될 때 그 터전이 되기도 하였는데, 그 무렵 모든 운동권을 몰아쳤던 노선투쟁이 급기야 문단에도 몰려와 무슨 엔엘이니 피디니 하는 어려운 싸움에 말려들었다…… 그러나 운동이란 그 길이 잘 가는 것이건 못 가는 것이건 어쨌든 앞을 향해 나가고 있는 이들의 몫이고, 그것이 바로 진보가 아니랴.

그랬었다. 기원 형이 대표로 있던 실천문학사는 진보적인 문인들이 십시일반으로 세운 출판사이고 『실천문학』은 대표적인 잡지들이 다 폐간된 1980년대의 엄혹한 시절에 민족민중문학의 기관지와 같은 역할을 맡았다. 실천문학사는 전교조 결정의 기폭제가 된 『민중교육』지 사건을 겪었고, 『실천문학』은 1988년 계간지로 복간이 되면서부터 북한문학 특집을 잇달아 기획하는 등 당시의 변혁론을 구현하기 위한 운동성을 강화하고 있었다. 그러다 조정환 등 일부 편집위원들이 아예 『노동해방문학』을 창간하여 독립해나가자 『실천문학』이 문학 쪽 편집위원을 보강하는 차원에서 나도 합류하게 되었다. 당시 진보 문단의 분위기는 민족현실의 모순을 그려내되 운동성과 예술성을 결합해야 한다는 기존의 민족문학론을 '소시민적'이라고 비판하고 당대 운동권의 이념을 반영하는 새로운 변혁적 담론들이 속출하던 시기였다. 그런 만큼 운동에 헌신하는 도덕적 책무도 강조되었다. 실천문학사의 대표로 몇 번의 옥살이까지 겪었던 기원 형이지만 그의 자유로운 영혼에는 이런 흐름이 불편하였을 것이다. 예의 퇴폐주의니 하는 비난이 문단 일부에서 나온 것도 바로 그 시기라고 기억된다.

그렇게 "스스로를 조직에서 숙청한" 기원 형은 이 같은 교조적인 운동논리에서 벗어나 자유롭게 훨훨 날아갈 줄 알았더니 오히려 자신 속으로 파고들어 가 근원을 찾으려는 영혼의 고투를 시작했다. 그리고 그 결과는 삶에서 벗어나는 길이 아니라 삶으로 돌아오는 행보였고, 민중을 위해서 무슨 일을 하겠다는 것이 아니라 그들과 함께 고통을 겪거나 혹은 그들의 일부가 되려는 보살행의 도정이었다.

그러기에 이번에 묶인 소설들 가운데 제일 재미있고 가장 형다운 작품은 나에게는 「동백섬」이다. "나이 마흔에 이르러서, 난데없이 죽고 싶다는 욕구에 시달린" 화자는 동백섬의 붉은 색감에 매혹되어 그 아름다운 곳에서의 죽음을 꿈꾼다. 그러나 그 황홀한 색채가 "자신의 추악한 삶에 절망한 자의 갈증이 빚어낸 신기루일 뿐"이라는 것을 알고 있다. 죽을 수도 죽지 않을 수도 없는 이 아포리아 앞에서 무력감을 느끼고 있던 그를 구원해준 것은 세 명의 아줌마들의 수다였다. 포장마차에서 혼자 술을 마시던 그의 귀에 들리는 이 세 명의 여인들의 거침없는 수다에는 신명이 있는 동시에 "그녀들이 지금 혼신으로 맞서고 있는 삶의 어떤 피투성이 싸움"이 숨어 있음을 느낀다. 전라도 사투리로 속도감 있고 리얼하게 묘사되는 이들의 수다와 시큰둥한 포장마차 주인, 그리고 혼자 '낭만적으로' 술잔을 기울이는 화자 사이의 어울리지 않는 듯 어울리는 현장 묘사는 그야말로 압권이다. 이 장면을 보면 뭐니 뭐니 해도 송기원은 리얼리스트이고, 소설가이고, 민중작가인 것이다.

아줌마 중 하나인 영순이 "아자씨한테 숭한 꼴을 보예부렀소" 하면 내민 술잔을 비우고 다시 건네면서 '나'는 말한다.

"흉하지 않아요. 저에게는 댁들이 참 아름답습니다. 지금까지 제가 살아온 중에 만난 어떤 사람들보다 아름답습니다. 아니, 저기 동백섬에 동백꽃보다도 댁들이 훨씬 아름다워요."

술탓이었을까, 평소에 숫기가 없는 나로서는 차마 입 밖에 꺼내기 어려운 말이 쉽게 흘러나왔다. 나의 말에 영순이가 자리에서 벌떡 일어났다.

"아이, 까시내들아, 시방 이 아자씨가 대놓고 우리한테 작업을 거는 거 맞지야?"

"잉, 맞어. 인자 누구 눈치 볼 것이 없이 아조 드러내놓고 작업을 시작해뿐만잉."

"오메, 말도 이쁜 거. 아니 뭣이 어째라우! 쩌그 동백섬에 동백꽃보담도 우리가 훨씬 아름다워라우?"

"이 아자씨가 아무리 선수라지만, 시상에 우찌코롬 딱 한 마디에 까시 내 맘을 홀라당 뒤집어놓을 수가 있다냐?"

나는 이 구절과 이어지는 이들의 질펀하면서도 건강하고 진실한 대거리들을 읽으면서 연신 웃음이 나왔고, 아 정말 기원 형 최고네, 하는 말이 절로 나왔다. 주인공이 이들의 신명에 말려들어서 추악하고 절망적인 자신의 삶에서 벗어날 가능성을 보는 마지막 부분은 소설로서도 설득력이 있고, 살아있는 삶에서 희망을 보는 작가 자신의 인식을 전해주기도 한다.

송기원은 말하자면 경계의 인간이다. 추악함을 감추고 있는 아름다움 혹은 아름다움을 감추고 있는 추악함이 내부에 공존하는, 늘 취해 있으면서도 늘 명징하기도 한, 치열하면서도 고요한, 싸우는 가운데서도 놀고 노는 가운데서도 싸우는 인간, 그것이 송기원이 아닐까. 그에게 있어 상반되어 보이는 것들의 경계는 늘 허물어지고 새로 구축된다. 선과 악, 미와 추, 예술과 비예술, 궁극적으로는 삶과 죽음을 이분법적으로 나누는 사고를 넘어서자는 것, 그것이 그가 도달한 어떤 삶의 실상이자 이 소설집의 메시지가 아닌가 한다. 이제 보니 발문의 제목과는 달리 경계에 선 그가 어디로 갈 것인지 물을 필요는 없을 것 같다. 가는가 하면 문득 돌아와 있고, 없는가 하면 어느새 있는 것이 그일 테니까. 그러므로 내 마음속의 영원한 사수, 기원 형이여! 늘 평강하소서!